INTOCÁVEIS

Obras da autora publicadas pela Editora Record:

Série Exclusivo

Exclusivo
Só para convidados
Intocáveis

KATE BRIAN

EXCLUSIVO

INTOCÁVEIS

Tradução de
DANIELA DIAS

Rio de Janeiro | 2012

CIP-BRASIL. CATALOGAÇÃO-NA-FONTE
SINDICATO NACIONAL DOS EDITORES DE LIVROS, RJ

Brian, Kate, 1974-
B86i   Intocáveis / Kate Brian; tradução Daniela Porto Belmiro Dias. –
Rio de Janeiro: Galera Record, 2012.
(Exclusivo; 3)

Tradução de: Untouchable
ISBN 978-85-01-09468-1

1. Literatura infantojuvenil americana. I. Dias, Daniela Porto Belmiro.
II. Título. III. Série.

12-6465

CDD: 028.5
CDU: 087.5

Título original em inglês:
Untouchable

Copyright © 2006 by Alloy Entertainment and Kieran Viola
Publicado mediante acordo com Simon & Schuster Books for Young
Readers, um selo de Simon & Schuster Children's Publishing Division.

Todos os direitos reservados. Proibida a reprodução, no todo ou em
parte, através de quaisquer meios. Os direitos morais do autor foram
assegurados.

Texto revisado segundo o novo Acordo Ortográfico da Língua Portuguesa.

Adaptação do design de capa criado por Julian Peploe.

Direitos exclusivos de publicação em língua portuguesa somente para o Brasil
adquiridos pela
EDITORA RECORD LTDA.
Rua Argentina 171 – Rio de Janeiro, RJ – 20921-380 – Tel.: 2585-2000
que se reserva a propriedade literária desta tradução.

Impresso no Brasil

ISBN 978-85-01-09468-1

Seja um leitor preferencial Record.
Cadastre-se e receba informações sobre
nossos lançamentos e nossas promoções.

EDITORA AFILIADA

Atendimento e venda direta ao leitor:
mdireto@record.com.br ou (21) 2585-2002.

CIRCO

O primeiro funeral da minha vida. O primeiro funeral da minha vida era o do primeiro sujeito que me viu nua. Isso não podia estar certo.

Não o funeral de um avô ou avó, nem o da tia velhinha de algum amigo, com rugas tão fundas que daria para esconder coisas dentro delas. Era o do Thomas. Thomas Pearson, o primeiro colega de turma que conheci na Academia Easton. A primeira pessoa por lá a fazer eu me sentir mais ou menos bem-vinda. O lindo, misterioso e intenso Thomas Pearson. A pessoa com quem tinha perdido a minha virgindade.

As cenas ficavam passando na minha cabeça, e nem com todo o esforço do mundo eu conseguia fazê-las parar. O momento em que Josh Hollis voltou andando pelo meio da neblina para me contar que Thomas estava morto. O momento em que achei o bilhete de Thomas me dizendo que ia ficar bem (e como me sentia estúpida agora por ter acreditado nele). A última vez em que o vira, saindo do meu quarto no Bradwell. Tudo isso parecia ter acontecido há tanto tempo. Eu nem morava mais naquele alojamento. Thomas não havia chegado a conhecer meu quarto novo no Billings. E nunca mais iria conhecê-lo. Porque agora ele estava deitado duro e frio dentro de um caixão. Em algum lugar debaixo da terra, num caixão. A família decidira fazer um enterro fechado, e por isso eu nem sabia onde exatamente ele estava. Só que era em algum lugar por aí, embaixo da terra. Apodrecendo.

Toda vez que pensava nisso eu ficava com falta de ar.

— O que você tem? — perguntou Noelle Lange.

Estávamos paradas perto da lareira de mármore imensa em uma das quatro amplas salas de estar da residência dos Pearson no Upper East Side de Manhattan. Um grupinho da escola me encarava do mesmo jeito que todos não paravam de fazer desde o desaparecimento de Thomas. Como se estivessem só esperando eu ter um colapso nervoso, consideravam isso certo. Mas, até então, eu não havia nem chorado na frente de nenhuma dessas pessoas. Não iria dar essa satisfação a elas. Esperei a sensação angustiante de medo passar antes de responder a pergunta.

— Nada — falei. — Agora dei para ficar desse jeito às vezes.

— Você ainda está em choque — sussurrou Ariana Osgood num tom tranquilizador. — É perfeitamente normal.

Noelle concordou com a cabeça e pousou a mão nas minhas costas. Noelle. Dando uma de solidária. Isso era novidade. Na maioria do tempo a garota era só sarcasmo e tiradinhas irônicas. Sua atitude também parecia mais suave hoje. Menos ameaçadora. O cashmere cinza-claro de gola redonda e a saia preta reta eram a imagem da perfeição, é claro, mas o cabelo castanho, dessa vez sem a aplicação de nenhum produto, caía em volta do rosto formando uma moldura que lhe dava uma aparência mais doce. Noelle também tinha dispensado o rímel e o traço sutil de delineador que sempre usava. Sem eles, ela quase aparentava a sua idade verdadeira. Como se fosse alguém igual a mim.

Olhei em torno da sala espaçosa, me sentindo entorpecida e com muito calor. Centenas de pessoas haviam comparecido para a homenagem póstuma. Em seus ternos de grife e vestidos pretos, interagiam umas com as outras tomando goles de vinho e falando baixo em meio àquela atmosfera de opulência abafada. Salpicados por entre os cavalheiros grisalhos e damas retocadas com Botox estavam dezenas de rostos conhecidos da escola, todos muito chocados e abalados. A exemplo de Noelle, algumas das mais notórias devotas de Shiseido da Easton não haviam se preocupado em passar maquiagem. Empoleiradas nos assentos de sofás e canapés, elas secavam os olhos levemente com lenços e consolavam umas às outras. Os garotos, por sua vez, perambulavam com as mãos enfiadas nos bolsos e um ar arredio. Como se sua confiança tivesse sido abalada de alguma forma. Se Thomas Pearson pôde morrer, talvez eles próprios não fossem tão invencíveis quanto costumavam acreditar. A realidade havia mostrado a sua cara para aquelas pessoas que em geral viviam em um mundo de sonho, em um mundo onde sempre haviam sido absolutamente intocáveis.

— Pode existir coisa mais mórbida que isto? — comentou Kiran Hayes girando a sua taça de vinho com um atrevimento ligeiramente exagerado. — Não tinha uma multidão assim nem no enterro do Papa. Parece um tipo de fascinação doentia só porque foi um garoto que morreu.

Kiran levou a taça à boca e tomou o restante do vinho em um único gole. Ela era uma verdadeira modelo e uma das garotas mais deslumbrantes que já conheci na vida real. E, depois de um mês de convivência, eu estava começando a achar que era também a que tinha mais chances de acabar numa clínica de desintoxicação. Algumas mechas do cabelo escuro haviam escapado de seu coque cuidadosamente retorcido e os olhos verdes estavam desfocados. Mesmo assim, não havia um rapaz no recinto que já não tivesse dado uma boa conferida nos atributos físicos dela quando achou que não havia mais ninguém olhando.

— Eu aposto que alguma dessas peruas de coque loiro circulando por aqui deve ser repórter de revista de fofoca — comentou Noelle estoicamente. — Um belo escândalo de colégio particular como esse é o sonho de consumo dessa gente.

Essa era a Noelle que eu conhecia e temia.

— Noelle! — censurou Ariana, os olhos azuis faiscando. O próprio cabelo louro também estava preso num coque frouxo. Com seu traje escuro e com os brincos de diamante presos firmemente às orelhas, ela parecia menos frágil e mais senhora de si do que nunca.

— Qual o problema? Não tem ninguém ouvindo — retrucou Noelle jogando as longas madeixas escuras atrás de um dos ombros. — Aposto minha futura herança todinha como estou certa. Espere só pra ver. "A Tragédia de Thomas Pearson" vai ser matéria de quatro páginas no próximo número da *Hamptons Magazine*.

— Não acho que alguém vá querer lucrar à custa da morte dele — falei. — Thomas não era exatamente um cara famoso.

— Ele era famoso por aqui — concluiu Noelle com um suspiro.

Nesse instante, Taylor Bell, que tinha passado o dia fungando e chorando em silêncio, irrompeu em mais uma enxurrada de lágrimas. Os cachos louro-escuros balançaram quando ela enterrou o rosto de querubim num lenço. Ariana adiantou-se para esfregar afetuosamente os braços da garota.

A explosão emocional de Taylor me deixou tão constrangida que fui obrigada a desviar o olhar. Ela e aquelas outras meninas nem sequer gostavam de Thomas. Elas haviam, de fato, odiado ele. Elas sempre me aconselharam a ficar longe do cara. E agora, como todos os outros, estavam ali completamente arrasadas. Como se Thomas fosse tudo para elas.

Ainda assim, a reação não deveria me surpreender tanto. Amado ou odiado, Thomas havia sido colega de turma delas. Um membro do grupo. Elas o conheciam há anos. Era óbvio que ficariam em choque e impressionadas com o que houve. O que me causava surpresa era só o *tamanho* do choque.

Meus olhos cansados foram pousar em Missy Thurber — uma garota de narinas grandes e arrogância maior ainda. Recostada numa parede revestida com muito bom gosto, ela envergava um terninho preto elegante e tinha o nariz vermelho de tanto chorar. A seu lado, como sempre, estava Lorna Gross, que lhe sussurrava algo ao ouvido com um ar muito consternado. De repente me veio uma vontade de atirar alguma coisa naquelas duas do outro lado da sala.

Aonde elas pretendiam chegar com aquele luto fingido? Nem Missy nem Lorna jamais haviam trocado uma palavra com Thomas.

Encurralada entre elas e Taylor e a língua ferina incansável da Kiran, comecei a me sentir meio claustrofóbica. E foi então que vi minha ex-colega de quarto, Constance Talbot, se aproximando. O nosso último encontro havia sido no dia em que Constance tinha brigado comigo com os olhos cheios d'água por eu ter saído com o cara por quem ela era apaixonada. Walt Whittaker. Walt Whittaker, que nesse momento estava em algum lugar da sala tentando impressionar as mais velhas, como de hábito. Whit e eu certamente não tínhamos mais nada a ver (não que algum dia a gente tivesse sido um casal de fato), mas eu não fazia ideia se Constance sabia disso ou não.

Eu me empertiguei toda enquanto ela avançava, sentindo o corpo inteiro tenso. Constance cruzou o olhar com o meu, e em seguida me envolveu num abraço.

— Reed! Eu sinto tanto, mas *tanto* pelo que aconteceu! — Foram as palavras dela por cima do meu ombro.

Aquilo me pegou tão de surpresa que demorei um instante para conseguir reagir. Mas logo em seguida retribuí o abraço. Com força. Nem em um milhão de anos eu teria sido capaz de prever a onda de alívio que tomou conta de mim com o gesto de amizade de Constance. Pelo visto, ela era mais importante para mim do que eu tinha percebido.

— Obrigada — falei quando se afastou.

Seus olhos verdes estavam brilhantes e envoltos num halo vermelho, e o cabelo ruivo e ondulado puxado para trás num rabo de cavalo simples. Não dava para saber se a pele estava mais pálida que o habitual ou se era um efeito da luz, mas de alguma maneira as sardas que salpicavam seu nariz estavam mais destacadas hoje, fazendo Constance parecer quase graciosa.

— Você está bem? — mordeu o lábio.

— É... acho que sim. Sei lá — respondi. Um soluço veio borbulhando garganta acima, mas o empurrei de volta. — Tudo isso é meio surreal.

Surreal não era nem de longe a melhor descrição, mas foi a única palavra que me ocorreu no momento. A cada segundo eu era tomada por uma emoção nova e intensa. Quarenta e oito horas antes eu estava a bordo de um trem voltando para Easton e dizendo ao Josh — que dividia o quarto com o Thomas — que eu já não estava mais a fim do cara. Que havia decidido tocar minha vida para frente. E lembrava de como ficara me sentindo bem com essa decisão. Thomas, afinal, desaparecera da escola sem qualquer aviso. Sem nem se despedir. Só fui cobrar o tal bilhete que ele deixou dias depois, e as palavras naquele papel me despertaram mais interrogações do que trouxeram respostas. Além disso, durante semanas ele não se dera ao trabalho de entrar em contato comigo ou mesmo de me avisar que estava tudo bem. Eu havia concluído então que um cara daqueles simplesmente não valia a pena. Que eu merecia coisa melhor.

Só que agora eu havia descoberto que a razão pela qual Thomas não tinha entrado em contato fora o fato de ele estar *morto*. E sempre que me lembrava de toda a indignação, de toda a raiva e da superioridade moral que impulsionaram minhas ações nas últimas semanas eu era assolada por uma avalanche de culpa tão forte como jamais havia sentido na vida.

— Deve ser ainda mais sofrido não saber como ele morreu — falou Constance. Ela girou o corpo para ficar ao meu lado e vasculhar o recinto com os olhos.

— Pode apostar nisso — disse Kiran, meio alto demais. Ela agarrou outra taça de vinho de um garçom que passava e bebeu a metade de uma vez.

— Kiran, fale baixo — repreendeu Ariana.

— O que foi? Só estou dizendo que gostaria de saber, entende, como *exatamente* eles acham que tudo aconteceu. Só isso — disparou ela. — Você também não se sentiria melhor se pudesse saber de uma vez por todas o que está passando pela cabeça dos caras? Se já não têm alguma hipótese?

— Você não está dizendo coisa com coisa — falou Ariana enquanto tirava a taça das mãos de Kiran para pousá-la no consolo da lareira, fora do seu alcance. Kiran ficou de olho no vinho.

— Será que os pais dele sabem? — indagou Noelle, estreitando os olhos enquanto a platinada Sra. Pearson atravessava a sala a passos largos para cochichar algo no ouvido do responsável pelo bufê. — Os pais sempre precisam ser informados nessas situações, não é mesmo?

Não houve resposta. Nenhuma de nós era grande conhecedora dos meandros do sistema judicial.

— Olhem só para eles. — Kiran apontou o queixo na direção da Sra. Pearson, que agora estava ao lado do marido grisalho. E em seguida deu o bote em outro garçom que passava para conseguir uma nova taça de vinho. Ariana revirou os olhos. — Papeando casualmente como se isto aqui fosse algum evento beneficente. Quando for a minha vez, só espero que meus pais não mostrem toda essa compostura.

— Kiran, pelo amor de Deus! — fez Taylor, abrindo a boca com a mandíbula ainda trêmula.

— O quê? Foi só um comentário — replicou Kiran, revirando os olhos.

— Não dava pra ser mais mórbida — comentou Noelle.

Fiquei olhando a Sra. Pearson dar um risinho e pousar a mão delicadamente no braço de um dos amigos da família. O Sr. Pearson checava o relógio e corria os olhos em volta como se estivesse procurando alguém mais interessante com quem conversar. E de repente o meu coração disparou de um jeito louco. Um jeito que fez minha respiração travar e a pele arder.

Eles haviam perdido o único filho e não davam a mínima para isso.

Quando desviei o olhar, dei de cara com um sujeito alto e corpulento que devia ter mais ou menos a minha idade, encostado numa parede sozinho e me encarando. Virei o rosto depressa pensando que talvez nossos olhares só tivessem se cruzado por acaso, mas quando voltei a olhar ele continuava encarando. O rosto era magro, a pele branca feito giz e olhos azuis com um halo vermelho em torno. O cabelo preto estava esticado para trás, e o terno era preto também. Com a iluminação e a música certas, ele se passaria fácil por um vampiro à espera da presa. Fiquei esperando que desviasse o olhar. E esperei mais. Ele continuava encarando.

— Quem é aquele? — perguntei enfim a Noelle.

— Aquele? Aquele ali é o Blake.

— Que Blake? Por que ele não tira os olhos de mim? — perguntei meio nervosa.

— Blake *Pearson* — disse Noelle. — Irmão do Thomas?

E foi como se o chão sumisse debaixo dos meus pés. Eu me apoiei na parede com uma sensação de que iria desmaiar. Não sabia se meu corpo aguentaria mais um choque.

— O *que* do Thomas?

— Ele nunca lhe disse que tinha um irmão mais velho? — perguntou Noelle. — Meu Deus, o cara gostava mesmo de segredos.

— Mas por que o Thomas falaria do Blake? — Ariana ergueu a mão para coçar a nuca. — Eles se detestavam.

— Sério? — perguntei, ainda meio zonza. Estava louca para saber mais, mas meus neurônios esgotados não conseguiam concatenar as palavras. Será que ele havia falado com Thomas antes do acontecido? O que ele sabia sobre o assunto? Mas quando consegui erguer os olhos outra vez, nem sinal do Blake. Senti um arrepio na espinha.

— Tão lembradas daquele barraco entre os dois no primeiro ano? — Kiran já estava enrolando a língua. — Fiquei com medo de eles se matarem.

Ariana lançou um olhar para fazê-la calar a boca. Comentário totalmente inadequado, aquele.

— O que foi que aconteceu? — perguntei.

— Blake estava de caso com a secretária do diretor e Thomas ameaçou contar tudo para seus pais. A clássica ameaça do tipo "quero ser o filho preferido" — explicou Noelle.

— Espera aí, para tudo! O irmão do Thomas teve um caso com a Sra. Lewis-Hanneman? Mas ela é... velha.

— Ah, você já deu uma olhada na figura? Ela é um mulherão. E não é nenhuma velha *caquética* também. Não faz muitos anos, ainda estava na casa dos 20 — ponderou Kiran. — Já está meio deteriorada, claro, mas não é de se jogar fora.

— Melhor mudar de assunto agora, moças — alertou Ariana ao reparar que o pessoal mais velho em volta começava a nos lançar uns olhares.

Não dava para acreditar numa coisa dessas. Thomas tinha um irmão. Um irmão mais velho que, segundo diziam, não o suportava. Mas por que Blake havia me encarado daquele jeito? Será que sabia quem eu era? Será que Thomas havia lhe falado sobre mim? Eu achava que conhecia Thomas tão bem e agora me aparecia esse irmão mais velho do nada. Mais um mistério que ficaria para sempre sem solução.

— Preciso sair daqui — falei enquanto afastava meu corpo da parede.

Fui abrindo caminho na multidão para atravessar direto até o lado oposto da sala, onde Josh batia papo com outros garotos da escola. Os cachos loiros haviam sido domados com algum tipo de gel, e ele parecia mais alto do que já era e ligeiramente mais troncudo metido em seu terno azul. Enquanto o resto do grupo fora levado até a cidade em uma limusine providenciada pelos pais de Dash McCafferty, Josh viera dirigindo o próprio Range Rover (que mantinha num estacionamento perto da Easton para qualquer emergência). Previdente, ele devia ter imaginado que poderia querer escapar ou resgatar alguém querido e levar para longe daquele circo antes do fim do espetáculo. Garoto esperto.

— E aí? — Toquei de leve o seu braço.

Bastou ele se virar em minha direção para arregalar os olhos azuis.

— Está tudo bem com você?

O simples fato de estar ao lado dele fazia eu me sentir um pouco melhor. Ao lado do firme, reconfortante e sensato Josh. Ele cuidaria de tudo.

— Está — respondi mecanicamente. — Só preciso ir embora daqui. Vamos?

— Claro, agora mesmo! — respondeu ele.

Depois de deixar seu copo d'água numa mesa próxima, Josh trocou algumas palavras com os outros garotos e apoiou a mão nas minhas costas quando nos viramos para sair. Ele me conduziu de volta até as meninas perto da lareira, todas já tratando de pegar as próprias bolsas.

— Alguém a fim de cair fora? — perguntou.

— Meu herói! — zombou Noelle.

— No *seu* carro? — perguntou Taylor, os olhos ainda úmidos.

— Claro que é no carro *dele*. Achou que o cara iria roubar um helicóptero, por acaso? — disparou Noelle.

Taylor lançou um olhar para Kiran, que revirou os olhos e terminou de mandar para dentro o vinho que resgatara de volta do consolo da lareira.

— Era só o que me faltava — resmungou ela.

Qual era o problema dessas garotas? Será possível que estavam daquele jeito só por terem de passar algumas horas num carro que não era uma limusine? Se precisassem encarar cinco minutos da vida que eu levava em casa provavelmente todas elas teriam surtos de urticária.

— Cadê o Dash e o Gage? — perguntou Josh.

— Quem se importa? — E com essas duas palavras Noelle acabava de abandonar Dash, que vinha a ser seu namorado. — Eles já são bem grandinhos, vão saber se virar sem nós. Agora vamos embora.

— Constance? — Eu me virei para ela. — Quer vir com a gente?

Constance lançou um olhar cauteloso para as garotas em volta de mim, o quarteto mais poderoso de toda a Easton. Aparentemente, a ideia lhe parecera intimidadora demais para ser considerada.

— Eu tenho um jantar com meus pais e os casais Whittaker esta noite — conseguiu articular finalmente. — E eles vão me levar de volta para a escola depois.

— Jura?

Em qualquer outra situação essa novidade teria me feito abrir um sorriso. Constance ficou com o rosto vermelho.

— Foi ideia dos nossos pais.

Depois, quando eu tivesse energia e motivação suficientes, iria arrancar dela tim-tim por tim-tim dessa história. Mas por ora Constance estava salva. A boa notícia era que isso confirmava o final definitivo do clima provocado pela história do Whittaker entre nós duas.

— Tudo bem. Vejo você na escola então — disse a ela.

E em seguida fiz uma coisa que nunca havia feito antes. Abracei voluntariamente uma pessoa.

De repente, eu mal podia esperar para estar fora dali. Quase conseguia sentir o sabor da liberdade. A caminho da saída, Ariana fez um desvio de rota e foi caminhando para longe da porta.

— Aonde a gente vai? — perguntei.

— Reed, nós temos que prestar as condolências à família – disse ela por cima do ombro. — Não somos um bando de bárbaros.

Ótimo. Justamente o que eu queria fazer. Quando nos aproximamos, a Sra. Pearson estava de papo com uma mulher com cara de cavalo, dentes capeados e um bico de viúva marcando a testa.

— Ah, sim, é claro. Essa é a única época do ano para se ir a Paris. Em todos os outros meses a cidade fica *tomada* de turistas — dizia a Sra. Pearson.

— Trina não se considera mais turista em nenhum lugar da Europa desde o dia em que comprou sua primeira *couture* — completou o pai de Thomas, com um risinho para o amigo que estava ao lado.

— Era lá que estaríamos agora, se não fosse por isto — disse a mãe de Thomas com um gesto despreocupado para a sala.

Meu coração se contorceu. Não era possível. Não era possível que essas pessoas estivessem ali gracejando sobre seus hábitos de viagem e tratando a homenagem póstuma ao Thomas como um inconveniente à sua rotina. De repente, o ar me faltou.

— Eles que se danem. Faça o que tem que fazer e vamos embora — sussurrou Noelle no meu ouvido enquanto Ariana trocava apertos de mão com a Encarnação do Mal.

Quando me postei diante do casal Pearson, eu devia estar com o rosto vermelho de ódio. Mesmo assim, uma parte de mim ainda esperava que me reconhecessem como a pessoa que estava ao lado deles quando descobriram que Thomas tinha desaparecido. A pessoa que fora importante na vida do seu filho a ponto de ser convidada para um *brunch* com eles. Mas quando o olhar duro e frio da mãe de Thomas pousou nos meus olhos, não houve nem uma centelha de nada. Exceto, talvez, de um ligeiro desagrado. Pelo visto, meu vestido preto simples e o cabelo castanho sem luzes não estavam à altura de seus padrões exigentes.

Essas eram as coisas que ocupavam os pensamentos dela num dia como aquele. Bem, essas coisas e Paris.

— Sinto muito pela sua perda — resmunguei entre dentes.

E em seguida dei um jeito de refrear o impulso de cravar meu salto em cheio no dedão dela quando dei as costas e me dirigi para a porta.

BOMBAS-RELÓGIO

Josh ajeitou o banco e mexeu no retrovisor pela décima vez. Atrás de nós, a fila de carros esperando para sair do estacionamento da rua 81 começava a aumentar.

— Não precisa ter pressa, Hollis — soltou Noelle com um suspiro. Ela estava com o braço apoiado na moldura da janela da frente. Era óbvio que tinha ficado com o banco do carona, sem que ninguém precisasse trocar uma palavra a respeito.

— Desculpem. Quando busquei o carro perto da Easton, por algum motivo meu banco estava todo para frente e ainda não consegui deixar do jeito que gosto — explicou ele.

Kiran correu os olhos pelo grupo como se essa notícia pusesse em risco a sua segurança de alguma forma. Ariana prendeu seu olhar no dela por um bom tempo, e então a garota voltou a se acalmar. Aquele olhar penetrante de Ariana tinha múltiplas utilidades.

— Que ótimo, então você é pão-duro demais para mandar instalar bancos com memória de ajuste e quem sofre somos nós. — Noelle não deixou barato.

— Dá um tempo, Noelle — retrucou Josh entre dentes.
— Eu estou ansioso pra cair fora daqui tanto quanto vocês todas.

Fechei os dedos cerrando os punhos tensos enquanto eu tentava respirar. E só conseguia sentir o pulmão cheio de fumaça tóxica. Tudo o que eu queria era ir embora, deixar aquilo para trás. Minha perna começou a balançar. Ficar parada no banco estava fora de cogitação no momento. Sentada ali, sentia como se algo corroesse o meu coração.

E ele batia cada vez mais forte dentro do meu peito. *Respira, respira, respira.*

— Está muito abafado aqui dentro — sentenciou Ariana.

Amém.

— É o pedal comprido da direita, Hollis — disse Noelle.

— Por que você faz questão de ser sempre tão desagradável, Noelle? — falou Josh.

Epa. Isso não era nada típico.

— E por que você sempre faz questão de bancar o escoteiro, Josh? — devolveu ela.

Respira, respira, respira.

A buzina de um dos carros atrás de nós foi apertada, ressoando por todo o estacionamento.

— Josh? — fiz numa voz de choro, já no fim das minhas forças.

— Está bem, está bem, estamos indo! — cedeu ele. — Preciso me lembrar de nunca mais me enfiar num carro com cinco mulheres.

Enquanto acelerava para a rua, Josh cruzou o olhar com o meu pelo retrovisor. Dava para notar que queria saber se eu estava bem. Como já estava conseguindo respirar melhor, tentei esboçar um sorriso tranquilizador. Infelizmente, em um ponto entre o elevador e o estacionamento eu tinha enfim derramado algumas lágrimas e agora elas estavam secando e deixando a pele embaixo dos meus olhos toda repuxada e coçando de um jeito que dificultava um pouco a intenção de sorrir.

— Mas o que é isso aqui embaixo? — Kiran sacou uma luva de batedor de beisebol branca, imunda, de baixo do seu traseiro mignon e perfeito. Com um gritinho de nojo, atirou-a por cima do ombro, por pouco não acertando em cheio no rosto de Taylor. A luva foi cair depois da segunda fileira de assentos, indo fazer companhia para o resto da parafernália esportiva de Josh. — Meu Deus do Céu, você *alguma vez* limpa este carro?

Ele ignorou o comentário, e Ariana soltou um suspiro. Depois finalmente mergulhamos num silêncio de exaustão. Enquanto o carro corria para o norte, avistei o Estádio dos Yankees do outro lado do East River e fiquei tentando listar mentalmente os nomes de todos os jogadores de beisebol profissionais que consegui lembrar. Qualquer coisa para me impedir de pensar de verdade.

Pensar que eu nunca mais iria ver o Thomas outra vez. Pelo resto da vida. Nós já tínhamos trocado nossas últimas palavras. Já havíamos dado nosso último beijo. Meu Deus, como eu queria ter sabido disso!

— Bem, pelo menos *aquilo* acabou — desabafou Kiran enfim, segurando-se bem firme como se estivesse fazendo esforço para não encostar em nada que não fosse estrita- mente necessário. Eu podia sentir o hálito dela a um metro de distância.

— Não acabou, não — contrapôs Josh em tom neutro.
— Thomas ainda está morto.

Tentei ignorar o espasmo do meu coração. Ariana arregalou os olhos para a nuca de Josh como se ele tivesse acabado de cometer uma gafe terrível. Mas a observação fazia sentido. O sofrimento não iria acabar nunca. Thomas estava morto. Para sempre.

— Seria melhor se a polícia nos explicasse o que está acontecendo de verdade — disse Noelle, o olhar perdido além da janela. — Mas aposto que eles também não fazem a menor ideia.

— Não seria a primeira vez que os tiras metem os pés pelas mãos — ponderou Josh.

Noelle virou-se para Josh de repente como se tivesse acabado de pensar numa coisa.

— Você acha que algum dos drogados que andavam com ele está envolvido nisso?

Ninguém se mexeu. Pude ver as mãos do Josh apertarem o volante com mais força. Noelle acabara de lançar em voz alta uma desconfiança que andava espreitando meus pensamentos desde que eu recebera a notícia da morte de Thomas. Já havia alguns dias que vinha fazendo um esforço consciente para afastar essa ideia da cabeça. Porque sempre que pensava nisso, imaginava as cenas mais horríveis. Cenas que faziam meu estômago retorcer e provocavam graves problemas de suor. Todos os diversos sangrentos assassinatos por vingança e cenas de tortura que eu já vira no cinema ou havia lido naqueles dramas policiais idiotas voltavam à minha lembrança numa avalanche. E eu simplesmente não conseguia lidar com a possibilidade de o Thomas ter morrido de algum jeito perverso e doloroso nas mãos de um psicopata drogado de olhos injetados.

Mas Noelle só havia acenado com o óbvio. Thomas andava *mesmo* metido com venda de drogas. E sempre que um traficante aparece morto há certas conclusões lógicas que ocorrem a todos.

— Eu diria que certamente existe a possibilidade — ponderou Ariana friamente.

Josh olhou de relance para o retrovisor lateral, ligou a seta e mudou de faixa. Ele pigarreou por um instante.

— Vejam, ninguém está falando que o Thomas foi assa... que a morte dele, bem, vocês sabem...

Quando meu olhar encontrou o de Kiran eu soube que ela estava pensando a mesma coisa que eu. Havia algo assustador em torno da palavra *assassinato* que fazia com que ninguém ousasse dizê-la.

Noelle bufou.

— Qual é, Hollis? Vai querer dizer agora que ele morreu de quê, causas naturais? Um sujeito perfeitamente saudável, de 17 anos? Tudo bem, eu entendo que você tenha motivos para não querer levantar esse assunto espinhoso, mas faça-me o favor.

Josh virou a cabeça para encará-la. Noelle não se dignou a fazer o mesmo.

— Mais atenção ao caminho, Hollis. Desse jeito *nós todos* vamos acabar mortos.

Cerrando a mandíbula, Josh voltou a olhar para a rua. Ninguém disse nada por uns bons dois minutos, tempo que passei me perguntando que tipo de ceninha havia sido aquela entre os dois.

— Saudável, Noelle? Tem certeza? — disse Kiran. — Thomas Pearson não era exatamente um modelo de saúde. Ele tinha mais porcaria no sangue que a Kate Moss em uma festa de Réveillon.

— Como pode saber o que havia no sangue dele? — interpelou Josh.

Kiran puxou uma mecha de cabelo para a frente dos olhos e começou a examiná-la.

— Foi só uma suposição lógica, Hollis. Quando é que o sangue dele *não esteve* entupido de porcarias?

Olha quem fala, Kiran.

Meu coração ficou apertado de ódio. Será que ninguém ali sabia que não se deve falar mal dos mortos?

— E mesmo que ele *estivesse* saudável, essas coisas acontecem direto — comentou Taylor, encarapitada na ponta do seu assento com as mãos apoiadas no banco da frente. Preso entre os dedos dela havia um lenço de papel todo amassado. — Gente da nossa idade morre de aneurisma... ou até de derrame!

Essa esperança era tão descabida que tive que engolir um riso pesaroso. Jogar alegremente na roda um derrame hipotético. A que ponto havíamos chegado.

— Bem, se não foi nenhuma aberração da natureza desse tipo, aposto que deve ter sido aquele cara esquisito da cidade que andava sempre com ele — observou Noelle em tom leve.

Que cara esquisito da cidade? Eu nunca tinha ouvido falar em nenhum cara esquisito da cidade.

— Pessoas assim são verdadeiras bombas-relógio ambulantes — continuou ela. — Gente que mora num fim de mundo qualquer e passa o dia sem ter o que fazer, sem uma válvula de escape para as suas tendenciazinhas psicóticas. E vocês sabem o rancor que eles guardam de nós.

— Pode ser que um cara desses tenha surtado mesmo — sugeriu Ariana, erguendo o ombro.

— Só quis dizer que é uma possibilidade — acrescentou Noelle, olhando para Ariana pelo retrovisor.

Respirei fundo. Imagens começaram a inundar a minha mente. Sangue. Corda. Facas. Armas. Mordaças. Imagens que eu preferiria conseguir afastar de lá.

— Será que a polícia sabe que Thomas vendia drogas? — Noelle perguntou ao Josh.

Ele pigarreou de novo. Era evidente que não queria continuar com aquela conversa.

— Provavelmente não. Thomas era especialista em esconder os próprios rastros.

— Bom, alguém devia contar a eles — falou Noelle num tom casual como se estivesse sugerindo uma parada para tomar sorvete antes de irmos para casa.

— Você está querendo que a gente dedure o Thomas? — disparei sem pensar.

— Ah, que bonitinho! Quantos anos você tem, 5? — caçoou Noelle. — Caia na real, Reed. Que diferença isso vai fazer? Eles não podem mais prender o Thomas.

Silêncio geral. O papo de Noelle estava ficando mórbido demais para o meu gosto.

— Estou falando sério! — continuou ela. — Se aquele maluco teve alguma coisa a ver com isso é melhor ser levado para interrogatório logo. A menos que queiram que ele escape.

Olhei de relance para Josh, que me encarou de volta pelo retrovisor. Como é que a gente podia espalhar para todo mundo que Thomas andava metido com tráfico? Ele estava morto agora. Será que não tinha o direito de descansar em paz? De ter preservada a sua imagem impecável de garoto de colégio particular?

— Os pais dele iriam surtar se soubessem — argumentou Josh. — Eu não seria capaz de fazer isso com eles.

— Você não deve nada àquelas pedras de gelo — foi a resposta de Noelle.

O rosto de Josh perdeu qualquer traço de expressão — e de uma forma que me fez pensar que talvez ele devesse, sim, alguma coisa ao casal Pearson. Interessante. O que isso poderia significar?

— O cara está morto — disse Kiran com os olhos turvos semicerrados. — Alguém devia pagar por isso.

Taylor deixou escapar um soluço abafado, depois voltou a recostar no banco e a chorar.

— Tudo bem com você? — indaguei.

Na verdade, a pergunta meio que escapou atravessada. Mas Taylor não pareceu reparar. Ela só assentiu com a cabeça e pegou outro lenço de papel da caixa perto dos seus pés.

— Isso tudo é tão triste! — falou. — Queria que nada disso tivesse acontecido. Eu só...

E lá veio mais uma avalanche de blá-blá-blá sem sentido.

Depois todos voltamos ao silêncio, olhando o mundo passar do lado de fora enquanto os soluços de Taylor pouco a pouco iam se aquietando.

A GORDA PHOEBE

Quando entrei em meu quarto no Billings, o sol estava começando a se pôr. A sensação de alívio ao fechar a porta me pegou de surpresa. Pelo visto aquele quarto, com sua imensa janela projetada para fora do edifício, o assoalho de madeira e o perfume de lavanda de Natasha no ar havia se transformado de fato numa zona de conforto.

Dois segundos mais tarde a porta voltou a abrir para que a outra ocupante do quarto, Natasha Crenshaw, pudesse entrar trazendo o celular na mão. O telefone dela nunca funcionava ali, então Natasha vivia tendo que ir lá fora ou subir até o terraço do Alojamento Billings para fazer suas ligações.

— E aí?

Era incrível a quantidade de solidariedade titubeante que duas palavras tão pequenas podiam carregar. Natasha deu a volta para inspecionar meu rosto, provavelmente querendo conferir se eu estava no meio de algum colapso nervoso. Sua pele escura estava limpa e sem maquiagem, e ela vestia uma calça de ioga com uma camiseta folgada.

— E aí — respondi, enquanto despejava minhas coisas em cima da cama.

— Como foi lá? — perguntou ela.

Soltei um suspiro e desabei na ponta do colchão. Meus pés deram vivas quando se viram livres dos sapatos de salto que havia pegado emprestado do Armário dos Sonhos da Kiran. A garota tinha mais pares de sapatos no guarda-roupa do que eu tinha poros na pele, mas pelo visto cada um era uma tortura maior do que o anterior.

— Foi... você sabe... um horror — contei.

— Desculpe por não ter conseguido comparecer. — Ela havia sentado na própria cama, e estávamos uma de frente para a outra no quarto amplo. — Eu não tenho estrutura para suportar mais nenhum funeral.

— Mais nenhum? — perguntei.

Natasha respirou fundo.

— Eu perdi uma pessoa bem próxima há alguns anos — soltou, cautelosa. — E desde então tenho feito de tudo para evitar essas ocasiões tipo "do pó vieste, ao pó voltarás".

Mesmo me roendo de curiosidade, sabia que se ela quisesse me dar mais detalhes já teria feito isso. E, se havia uma coisa que eu estava decidida a respeitar naquele momento, eram os sentimentos frágeis dos outros.

— Então, se qualquer hora você quiser conversar — começou Natasha, hesitante. — Quero dizer, sei que nosso histórico não é dos melhores...

Nós duas demos um rápido sorriso. Nosso histórico não é dos melhores — bela escolha de palavras para descrever o fato de ela ter me chantageado a bisbilhotar os quartos das minhas amigas de alojamento. Um deslize perfeitamente perdoável, é claro, se considerássemos que Natasha por sua vez havia sido chantageada a me chantagear. Essa era a vida das Meninas do Billings.

De qualquer forma, a confusão toda me levara a descobrir muita coisa a respeito de quem Natasha era de verdade — uma lésbica assumida capaz de qualquer coisa para proteger a namorada que não se assumira — e ela também havia descoberto muito sobre mim. Como o fato de que eu era capaz de guardar segredos. E o fato de que era leal às minhas amigas. Em algum ponto da história, eu havia começado a confiar em Natasha. Mantendo uma certa cautela.

— Mas, afinal, como você está se sentindo? — insistiu ela.

Soltei um gemido e me joguei nos travesseiros, com uma perna pendendo na lateral da cama e o olhar preso no teto.

— Você tem algum compromisso para os próximos doze meses?

— Sou toda ouvidos — retrucou Natasha.

Hum. Talvez ela estivesse mesmo disposta a ouvir. *Embasbacada* foi a palavra que me ocorreu.

— Ahn... então tá. — Ergui uma das mãos no ar para começar a ticar a lista de emoções. — Estou me sentindo... absurdamente triste por não termos conseguido nos despedir, com raiva por ele ter ido embora, culpada por causa dessa raiva, com mais um pouco de raiva dos pais dele, com *mais raiva ainda* de todos os idiotas hipócritas desta escola, e também simplesmente exausta, arrasada e com muito, mas muito medo mesmo de nunca mais parar de me sentir assim. Tá bom pra você ou quer mais? — perguntei, girando a cabeça para olhar para ela.

Natasha franziu a testa e assentiu.

— Acho que já está bom.

— Espera! — disse, voltando a sentar com as mãos fincadas na colcha da cama. Sentia meu cabelo arrepiado pela eletricidade estática, mas isso não tinha importância. — Tem uma segunda onda de culpa também. A culpa por eu ter decidido que Thomas não merecia minha preocupação depois do sumiço dele, *agora* que sei que na verdade não tinha tido notícias porque ele...

Minha garganta fechou.

— Porque ele estava...

Ai, droga. As lágrimas começaram a escorrer.

Natasha saiu da cama dela para vir sentar ao meu lado.

— Está tudo bem.

— Não está, não. — E, de repente, eu estava aos prantos. As lágrimas quentes não paravam de sair mais e mais. Tentei segurar. Engasguei, ofeguei, tentei engolir. Mas não deu. — Eu não acredito que isso está acontecendo. Não devia estar acontecendo.

Natasha me envolveu com o braço e esfregou meu ombro de maneira afetuosa. E continuei chorando. Estava me sentindo uma idiota, mas não havia o que fazer a respeito. Nada conseguiria me deter agora. Só o que via na minha frente era o rosto de Thomas. As mãos dele. Seus braços me envolvendo. O sorriso. Não dava para acreditar que nunca mais estaria com ele. Não. Conseguia. Acreditar. Eu ofegava em busca de ar e sentia a garganta queimando. Eu estava fazendo um barulho que nunca escutara antes.

Eu só queria pôr tudo para fora, toda a minha raiva dos Pearson e de mim mesma e do Thomas... e até mesmo de Missy Thurber. Queria tudo aquilo fora de mim. Tudo para deixar de me sentir tão infeliz.

Até que finalmente, depois de ninguém sabe quanto tempo, comecei a me aquietar. Ergui a cabeça, funguei e sequei os olhos com os dedos.

— Melhor agora? — perguntou Natasha.

Minha respiração estava trêmula.

— Melhor. Obrigada.

Levantei, peguei um lenço de papel na escrivaninha e assoei o nariz. Com força. Depois de algumas inspirações entrecortadas, assoei de novo.

— Você sabia que o Thomas tinha um irmão? — perguntei a Natasha.

— Sim, o Blake. Ele se formou ano passado. Por quê, você não sabia?

Eu funguei. Revirei o lenço encharcado nas mãos.

— Ele nunca me disse.

— Caramba. Vai ver que todo mundo tem alguém na vida de quem não consegue falar a respeito — ponderou Natasha.

Ela estava se referindo a Leanne Shore, sua namorada, mas a imagem que me veio na hora foi a da minha mãe. Minha mãe, que a essa hora provavelmente devia estar desmaiada e babando na própria cama, mesmo sendo só quatro da tarde. Com um vidro de comprimidos aberto na mesinha de cabeceira e o som de um *reality show* vagabundo vindo da televisão ligada. Eu me perguntava se meu pai havia chegado a contar para ela sobre o ocorrido. A contar que houvera um telefonema. Que eu havia levado vinte minutos inteiros para convencê-lo a não me tirar do colégio. Quando ele enfim concordou, o alívio que senti foi maior do que qualquer outra coisa que já havia sentido antes. Tudo o que eu não queria era voltar para minha vidinha de merda em

Croton, Pensilvânia. Mesmo que possivelmente houvesse um assassino rondando a escola. A Easton com um assassino no campus sempre seria muito melhor do que o Colégio Croton sem nenhum. Isso era um fato irrefutável.

— Blake estava lá? Você falou com ele? — indagou Natasha.

Nesse instante a porta se abriu e Noelle e Ariana irromperam quarto adentro seguidas por Rose Sakowitz e as "Cidades Gêmeas" London Simmons e Vienna Clark. Todas já haviam se livrado dos trajes fúnebres e envergavam modelitos bem mais coloridos. Traziam meia dúzia de caixas de confeitaria nos braços e diversas garrafas de champanhe.

— Reed Brennan! Seja bem-vinda à sua primeira festa da Gorda Phoebe! — guinchou London, brandindo dois champanhes nas mãos. Os seios, eternamente espremidos em sutiãs tipo *push-up*, pareciam querer pular para fora do top, e o cabelo escuro estava preso em marias-chiquinhas baixas. Só de olhar para ela com esse visual, metade dos caras que eu conhecia teria tido um orgasmo instantâneo.

— Meninas... — interveio Natasha, revirando os olhos.

— Que foi? É o antídoto perfeito para *qualquer coisa* que possa estar incomodando você! — argumentou Vienna enquanto abria uma das caixas. Dentro havia pelo menos uma dúzia de bombas de chocolate perfeitas.

— O que é essa tal de festa da Gorda Phoebe? — perguntei.

Eu havia reparado na ausência um tanto suspeita de Kiran e Taylor, mas quando havíamos chegado aos portões da Easton cada uma delas estava em estado catatônico por motivos diferentes. E seria bom que agora já estivessem dormindo para se recuperar.

— Trata-se de uma antiga tradição com um título altamente inadequado — explicou Ariana.

— Tudo começou uns dez anos atrás quando uma garota maníaco-depressiva veio para o Billings — continuou Vienna.

— Phoebe Appleby — completou Rose.

— Que nome infeliz — disse Noelle com um calafrio.

— Eu não sei como *aquilo* veio parar aqui — divagou London.

— Mas, voltando ao assunto, sempre que Phoebe ficava deprimida...

— O que segundo consta acontecia todos os dias.

— Ela encomendava uns doces na confeitaria mais próxima e estourava uma garrafa de Cristal...

— Para dar uma festa da Gorda Phoebe! *Uhuuu*! — gritou London erguendo as garrafas outra vez.

— Embora tenha minhas dúvidas de que ela usasse *esse nome* — acrescentou Ariana.

— Basicamente, é só champanhe e chocolate — explicou Noelle, e avançou até a cama e passou o braço em torno da minha nuca. — Em quantidades indecentes.

— Vão ajudar você a parar de pensar em certos assuntos desagradáveis — acrescentou Ariana com uma franzida delicada de nariz.

Certos assuntos desagradáveis. Como se estivéssemos falando de um caso especialmente nojento de frieira ou algo assim.

— Vamos lá! — Rose puxou o coro. — Estou precisando de uma boa dose de chocolate, urgente.

Todas deram vivas.

Senti a pele retesar e me esquivei de Noelle. Tinha vontade de gritar. Qual era o problema dessa gente? Será que elas achavam mesmo que se entupir de açúcar e encher a cara podia fazer as coisas melhorarem?

— Desculpem, meninas, mas não estou em clima de festa.

— Como assim? Por quê? — protestou London fazendo bico enquanto baixava as mãos com as garrafas.

Tende piedade dessa imbecil. Ela não faz ideia de como está parecendo patética.

— Porque eu... eu estou cansada — falei a elas. — Exausta, para ser mais exata. Acho que vou direto para a cama.

Noelle me lançou um olhar de reprovação. Ela não estava habituada a ouvir a palavra *não*.

— Mas Reed...

— Divirtam-se por mim — concluí sem inflexão na voz, enquanto conduzia o grupinho na direção da porta.

Rose, London e Vienna entenderam o recado e foram se acotovelando rumo ao corredor. Ariana parou e me encarou com seus olhos azul-claros.

— Você devia fazer um esforço para distrair a cabeça dessas coisas — disse ela. — Iria se sentir bem melhor.

— Já estou me sentindo — respondi com sinceridade.

Não cem por cento ainda. Mas depois de desabafar e despejar tudo em cima de Natasha eu já *estava mesmo* bem mais recuperada. Por ora. Só que se tivesse que pensar, por mais um segundo que fosse, na ideia de fazer uma festa, a raiva voltaria com força total.

— Tem certeza? — perguntou Noelle. — Não quer vir mesmo?

— Tenho. — Apoiei minha mão na porta. — Por favor, Noelle. Pode ir?

Ariana e Noelle trocaram olhares. O que nunca era bom sinal. Eu sabia pelo que vira nos olhos delas que havia ultrapassado um limite, e por uma fração de segundo me lembrei do medo que sentia das duas até poucas semanas antes. A morte de Thomas havia me curado desse sentimento, pelo menos temporariamente. Naquele exato momento, não haveria nada capaz de fazer eu me importar remotamente com qualquer coisa que elas pudessem dizer ou fazer comigo.

— Trate de dormir então — disse Noelle, por fim. — Vemos você depois.

E, com isso, fechou a porta. Sem mais uma palavra. Talvez a morte de Thomas tivesse curado elas também.

DECISÃO

Rosquinhas de cereal incham se forem deixadas no leite tempo demais. Se conseguir olhar fixamente para elas sem desviar você pode ver isso acontecendo. E você deixa de notar tão facilmente os olhares curiosos de seus colegas depois de passar três dias inteiros com aproximadamente quarenta e cinco minutos de sono no total. E o supervisor do refeitório não gosta quando encontra uma criatura sentada no chão frio do lado de fora esperando o horário de as portas serem abertas.

Noventa por cento desorientada e eu continuava aprendendo coisas.

Alguns dias sem nada de especial haviam se passado desde a cerimônia póstuma do Thomas, e eu ainda continuava sem conseguir comer ou dormir direito. Sem nada de especial exceto o fato de diversos alunos terem sido tirados da escola por seus pais. Calouros, em sua maioria. Com pais novatos assustadiços demais, nas palavras de Noelle.

— Como se esta escola nunca tivesse passado por um escândalo antes — sentenciou ela ontem enquanto observávamos um garoto de feições asiáticas e cabelo de espantalho ser conduzido para dentro de um Hummer.

Nenhum dos meus amigos fora levado embora, mas era uma sensação esquisita ver todos aqueles sedãs e limusines parados no círculo em frente aos dormitórios com estudantes sendo escoltados para fora carregando malas, enquanto os pais olhavam ao redor cheios de desconfiança como se algum assassino mascarado fosse emergir das sombras a qualquer momento. Ninguém havia declarado oficialmente que a morte de Thomas ocorrera em circunstâncias suspeitas, mas estava claro que essa era a história na qual as pessoas acreditavam. Meu coração se contraía em espasmos sempre que eu pensava em Thomas. E era só o que andava fazendo ultimamente. Eu me perguntava se isso poderia afetar de algum jeito minha saúde a longo prazo.

Duas garotas cochicharam e ficaram me olhando ao passar, então virei a cabeça para esconder o rosto com o cabelo. Sentia a região abaixo dos olhos congestionada e pesada o tempo todo, como se estivesse prestes a desmaiar ou a cair no choro a qualquer instante.

Quando a porta do refeitório se abriu, ergui instintivamente a cabeça com uma imagem de Thomas cruzando de relance pelos olhos da minha imaginação. Uma onda de calor tomou conta de mim ao perceber o lapso constrangedor, e me senti tão estúpida que tive vontade de gritar. Não era o Thomas. Nunca mais *poderia ser* o Thomas. *Acorda, Reed.*

— Você está legal?

Quando de algum jeito consegui erguer minha cabeça que pesava uma tonelada, dei de cara com Josh. Ele estava na ponta oposta da mesa deserta do refeitório segurando uma bandeja cheia de donuts e leite achocolatado. O cara mandava para dentro antes das 9 horas da manhã uma dose maior de açúcar do que muitos meninos de 5 anos dão conta de devorar num dia inteiro. Seria de imaginar que um lugar caro feito a Easton fosse zelar pela boa alimentação de seus pupilos, mas pelo visto este não era um dos benefícios incluídos nas mensalidades pagas pela nata da sociedade.

— Aham — resmunguei. — Só desejando que esta tigela fosse um travesseiro.

Empurrei a bandeja para o lado e apoiei os cotovelos na mesa, inspirando bem fundo e pausadamente na tentativa de vencer o enjoo. Josh ocupou o assento à minha frente, tirou a bolsa carteiro por cima da cabeça e colocou-a no chão. A camisa de rúgbi azul e amarela que ele estava usando tinha uma mancha verde numa das listras amarelas. Os cachos hoje estavam sem nada para domá-los, e por isso despontavam de um jeito fofo em todas as direções.

Fofo. Eu senti vontade de bater em mim. Thomas estava morto. Eu não podia sair por aí achando outros caras fofos.

Debaixo da mesa, Josh remexia na bolsa. Ele espalmou a mão na boca e em seguida deu um gole no achocolatado para engolir tudo.

— O que foi isso? — perguntei.

— Vitaminas — respondeu Josh. — Um comprimido por dia para ter saúde e alegria.

— Você é o filho que todos os pais sonham em ter.

— Só não contaram isso aos meus — completou Josh impassível.

Dei um sorriso. Era bom saber que ele conseguia me fazer sorrir mesmo no estado semicatatônico em que eu estava.

Josh reclinou o corpo sobre o tampo da mesa de um jeito confabulador. Imitei o movimento.

— Olha, andei pensando e decidi ir falar com a polícia como Noelle disse — sussurrou.

A mordida no donut coberto de açúcar de confeiteiro espalhou o açúcar para todo lado. Olhei para a cara dele e pensei se era possível que eu estivesse sonhando. Josh havia mesmo acabado de me falar que estava pensando em dedurar o Thomas para logo em seguida dar uma mordida casual no seu donut? Eu estava ali sem conseguir encarar uma única colher de cereal, enquanto ele... bem, ele parecia ótimo. Avaliando os últimos dias, aliás, Josh havia conseguido manter-se em melhor estado do que as outras pessoas — o que não fazia nenhum sentido. Thomas era seu colega de quarto. Seu amigo. E eu não vira uma lágrima sair dos olhos de Josh. Mas... quem era eu para saber? Vai ver que ele havia voltado para o dormitório e chorado sozinho a noite inteira. Não teria sido a primeira vez que alguém na Easton decidiu guardar algo em segredo. Eu começava a me perguntar se os segredos seriam algum tipo de pré-requisito para a admissão naquele lugar.

— Você acha mesmo que isso é necessário? — perguntei.

— Noelle estava certa — me explicou ele enquanto mastigava. — Sabe o sujeito que ela mencionou, o Rick? Ele era o fornecedor local do Thomas, e não passa de um doido. Posso apostar que está envolvido nesta história de algum jeito.

Respirei bem fundo, endireitei as costas por um instante e em seguida me debrucei de novo.

— Sei lá, Josh. Nós queremos mesmo que os pais do Thomas saibam de tudo? Sei que ele andava metido com coisa séria, mas o cara estava tentando mudar. Ele chegou a contar a você que estava indo se internar na noite em que sumiu da escola?

Josh deixou escapar um riso e deu um gole no leite ainda sorrindo. Senti um calor subir pelo meu rosto.

— Que foi? — interpelei.

Ele piscou os olhos e a sua máscara risonha caiu.

— Ah. Você estava falando sério — disse.

— Estava, bem sério. — Respondi, pra lá de ofendida.

Josh devolveu o leite achocolatado para a bandeja e enxugou as mãos no jeans.

— Reed, eu detesto ser a pessoa que vai lhe contar isso, mas Thomas seria o último sujeito *no mundo* a decidir procurar uma clínica de desintoxicação. No estado em que estava na sua última noite aqui na escola, se alguém o espremesse veria álcool puro sair dos poros do cara.

E foi aí que o refeitório se transformou numa espécie de Gravitron, girando, adernando e subindo rumo ao espaço sideral. Sem chance de focar qualquer coisa, fechei os olhos.

— Como é? — Respondi sentindo a boca seca.

— Quando voltei da biblioteca ele estava aos berros no telefone com o Rick, tão *torto* que mal conseguia ficar de pé — sussurrou Josh. — E é por isso que acho que Noelle pode ter razão. Thomas estava muito transtornado, aposto que acabou dizendo coisas que não falaria se estivesse sóbrio. Na hora não me abalei, afinal aqueles dois sempre arrumavam motivo para querer partir um para cima do outro, mas talvez dessa vez ele tenha conseguido tirar o Rick do sério de verdade.

Pressionei a base da mão contra a testa, tentando compreender. Então Thomas estava *bêbado*? Mas ele havia soado tão sincero sobre a decisão de parar... E isso sem falar no bilhete. Thomas estava a caminho de algum tipo de centro de tratamento holístico. Ele ia buscar ajuda.

Então aquilo tudo fora mentira?

— Isso não faz o menor sentido — falei em voz alta.

— Isso o quê? — indagou Josh.

Espera aí, espera aí. Por que ele teria me deixado o tal bilhete se não estivesse planejando ir embora de verdade? Eu certamente teria achado *meio* estranho se por acaso encontrasse o bilhete à noite e desse de cara com Thomas no campus na manhã seguinte. Portanto, ele devia estar mesmo pensando em ir para algum lugar. Mas para onde?

— Pode ter sido uma despedida — sugeri. — Vai ver ele quis encher a cara uma última vez antes de se internar.

Isso já soou ridículo no momento em que as palavras saíram da minha boca. Tão ridículo que cheguei a ver um relance de pena nos olhos do Josh.

— Reed, como você tem tanta certeza de que o Thomas ia mesmo se internar? — perguntou com delicadeza.

As portas duplas se abriram derramando a luz do sol no interior do refeitório. Noelle, Ariana, Taylor e Kiran surgiram, marchando direto para a fila do café da manhã. Eu não queria que elas ouvissem qualquer coisa sobre esse assunto e começassem a fazer especulações. Nós teríamos que falar depressa.

— Ele me deixou um bilhete — confessei rápido. — Encontrei enfiado num dos meus livros. Ele dizia que ia para um centro de reabilitação e que era para eu não tentar encontrá-lo. E que estava indo embora naquela noite.

Josh ficou me encarando por um momento interminável. Devagar, ele balançou a cabeça.

— Aposto que as últimas palavras que saíram da boca do Pearson foram pura mentira.

O pavor atingiu minhas entranhas num soco quente.

— O que você quer dizer com isso?

Josh me olhou como se tivesse acabado de se dar conta de com quem estava falando.

— Nada, deixa pra lá — desconversou.

— Josh...

— Era só que... — amassou um guardanapo no punho fechado pelo simples ato de amassar. — Só acho que Thomas nunca deu verdadeiro valor para o que ele tinha quando tinha você, é isso.

Uau. Meu queixo começou a cair de leve e eu fechei a boca outra vez. Os olhos de Josh continuavam pousados nos meus. Sem desvio de olhar, sem mudança brusca de assunto. Ele queria realmente dizer o que havia acabado de falar. Eu me senti ao mesmo tempo lisonjeada e totalmente desconcertada. Josh tinha acabado de insinuar que Thomas havia mentido o tempo todo para mim... e feito um elogio daqueles sem parar para tomar fôlego entre uma coisa e outra.

— Reed, você precisa mostrar esse bilhete à polícia — falou ele.

— Como você sabe que não mostrei?

— Você mostrou?

— Não — admiti me sentindo arrasada.

— É importante para a investigação — disse Josh. — Talvez tenha sido a última coisa que Thomas escreveu em vida. Eles precisam examiná-lo.

Meu estômago era pura azia e queimação. Havia semanas que eu andava apavorada com a simples ideia desse momento, mas Josh tinha razão. Dito nas palavras simples que ele usara, parecia óbvio. Além do mais, eu só havia decidido guardar segredo sobre o bilhete para impedir que os pais do Thomas fossem atrás dele. E isso não estava mais em questão no momento.

— Você está certo — concordei, decidida. — Vou assim que sair dos serviços matinais.

Pensar nisso já fez eu me sentir imensamente melhor. Ter que contar à polícia que eu havia ocultado algo me deixava nervosa, mas agora mal podia esperar para me livrar do segredo. Thomas mentia para mim. Quem poderia afirmar com que frequência ou a respeito de quais assuntos? Não era mais minha responsabilidade protegê-lo. Já estava na hora de eu pôr um ponto final nessa história, de uma vez por todas.

A COISA CERTA A FAZER

Só no momento em que começamos a subir a escada de acesso ao Edifício Hell fui me dar conta do que estava fazendo. E, no instante em que a ficha caiu, tropecei no último degrau e tive que me agarrar ao braço do Josh para não esfacelar o joelho no piso de ardósia.

— Cuidado! — disse ele, curvando o corpo para me ajudar.

Os nossos rostos quase se tocaram enquanto eu procurava o equilíbrio perdido. Estávamos tão perto que pude sentir o calor que vinha dele na minha bochecha. Meu coração já estava disparado de nervosismo por causa da situação. Agora batia ainda mais depressa. Josh me olhou nos olhos e apertou a mão em torno do meu braço por uma fração de segundo antes de me soltar.

— Não vou conseguir — falei, descendo um degrau. Como se isso fosse melhorar a taquicardia. Só me faltava essa. Além de todo o resto que já estava acontecendo. Qual era a minha capacidade para suportar sentimentos confusos? Com quanta coisa eu conseguiria lidar antes de literalmente implodir algum órgão vital?

— O que você está dizendo? — Josh franziu o cenho. — Achei que a gente tinha decidido...

— Sei o que foi decidido — disse entre dentes. Dava para sentir o cheiro do náilon queimando enquanto o bilhete do Thomas tentava abrir caminho a fogo para fora da minha mochila.

O Sr. Cross vinha subindo os degraus. Ele era o preceptor do Alojamento Ketlar e fora professor de biologia avançada do Thomas. E, como todos os outros docentes, tinha um escritório no Edifício Hull (o antigo prédio de tijolos apelidado de "Edifício Hell" pelos alunos onde a maioria dos adultos do campus passava boa parte do seu tempo). Eu puxei Josh para o lado, desviando o olhar e o rosto todo vermelho, para deixar o sujeito passar. Ainda sentia o pulso acelerado com a proximidade do corpo do Josh.

Eu não vou ficar a fim dele. Eu não vou ficar a fim dele. O colega de quarto de Josh era o meu namorado morto. Não posso fazer isso.

Cross nos lançou um olhar de desaprovação por baixo das sobrancelhas brancas aparadas, mas seguiu em frente. Não soltei mais nenhuma palavra até ouvir a porta pesada batendo atrás dele.

— Mas isso não seria, tipo, ocultação de provas? — murmurei para Josh. O meu ar de bravata insuflado pelo que era moralmente correto havia sumido de vez, substituído, por milagre, pelo raciocínio lógico. — Posso acabar arrumando um problema sério por causa disso. Quero dizer, antes eu estava só acobertando um namorado vivo e a caminho da desintoxicação. Só que agora o que fiz virou... Como se diz? Facilitação de delito?

Obviamente eu havia gasto tempo demais da minha vida vendo lixo policial na tevê. Maldito Dick Wolf.

Josh endireitou o corpo enquanto ponderava a respeito. Uma brisa fria bagunçou o cabelo dele, e uma nuvem cinzenta espessa cobriu o sol. Puxei meu casaco mais para junto do corpo. Dezenas de folhas secas marrons perseguiam umas às outras na alameda de pedra lá embaixo. De repente, perdi qualquer vontade de estar ali. Dei meia-volta para ir embora.

— Calma, Reed. Espera aí. — Josh segurou meu braço de leve.

Fiquei com o pé suspenso no ar sobre o degrau de baixo e o estômago sem peso algum, como se estivesse num carrinho de montanha-russa que tivesse acabado de despencar ladeira abaixo.

— Que foi? — perguntei por cima do ombro.

— Nós temos que mostrar a eles. Se quisermos saber o que aconteceu com Thomas — falou Josh, sério. — Se quisermos começar a dizer a verdade. Finalmente.

Eu me lembrei da conversa que nós dois havíamos tido com Walt Whittaker no refeitório na semana anterior. Aquela na qual Whit acusara Josh de ser hipócrita por não ter denunciado as atividades ilegais de Thomas séculos atrás. Algo no olhar do Josh me dizia que essa conversa havia mexido profundamente com ele. Talvez mais ainda agora que Thomas não estava entre nós. E agora que Noelle, também, havia insinuado que aquilo seria a coisa certa a fazer.

A garota era mesmo poderosa.

— Além do mais, o que eles podem fazer? — argumentou Josh. — Você é menor de idade, estava assustada, confusa e tudo mais. E qual é, ninguém vai para a cadeia por guardar uma carta de amor.

O tom seguro na sua voz de alguma forma me deixou mais calma.

— Está bem — disse eu. Passei por ele a passos largos e abri a porta antes que desistisse da minha mais nova resolução. — Mas se eu for mesmo para a prisão, você é que vai ter que me tirar de lá.

— Negócio fechado — disse Josh. Com firmeza. Como se tivesse mesmo a intenção de ser o meu salvador algum dia.

Segui à frente dele pelo corredor comprido cheio de ecos. Inacreditável. Ali estava eu caminhando para minha ruína em potencial, definitivamente prestes a dedurar meu finado e mentiroso namorado... quando então fiz a coisa mais inadequada e estarrecedora que poderia ser feita.

Dei um sorriso.

DIAS

— Isso é tudo o que têm a dizer? — O diretor Marcus nos olhava fixamente do outro lado de sua larga escrivaninha.

Será que não era o bastante?

O diretor certamente era um cara velho, mas depois do desaparecimento de Thomas, de a polícia ter invadido o campus e de pais terem começado a levar alunos e o seu dinheiro para longe da Easton, ele parecia ter envelhecido uns dez anos. As rugas estavam mais fundas, o grisalho nas têmporas havia se ampliado e os olhos castanhos boiavam amargamente em suas órbitas. O bilhete de Thomas jazia aberto sobre o mata-borrão de couro, o único pedaço de papel solto na mesa impecavelmente organizada. No canto da sala, o alto e imponente chefe de polícia Sheridan cochichava algo no ouvido de seu parceiro mais baixo e boa-praça, o detetive Hauer. Depois de soltarem uns poucos comentários inócuos no início da nossa narrativa, os dois haviam passado o resto da reunião trocando cochichos ocasionais.

— Sentimos muito por não termos vindo antes, diretor — disse Josh, aparentando um controle bem maior do que o meu. — Só esperávamos o tempo todo que Thomas fosse reaparecer...

— E quando isso acontecesse iriam permitir que ele continuasse exercendo suas atividades ilegais — retrucou o diretor, com a voz num crescendo que levou o vermelho do seu rosto a se transformar em quase púrpura. — Iriam permitir que ele continuasse a desonrar o nome desta instituição.

Afundei ainda mais na minha poltrona de couro. Havia chegado a hora em que seria expulsa da Easton. Estava sentindo isso. Nunca mais iria passar a mão na cobertura de hera em torno da entrada do Billings. Nunca conseguiria descobrir se seria capaz de ser aprovada nas aulas de história do Sr. Barber. Nunca mais iria me sentar na companhia de Noelle e Ariana, Kiran e Taylor para bebericar vinho, degustar chocolates caros e dar risada. Nunca mais contemplaria Nova York do alto de janelas da Park Avenue. Onde eu estava com a cabeça quando tomei a decisão de ir até aquela sala? Como podia ter me esquecido do quanto havia a perder?

Croton, Pensilvânia, aqui vou eu! Comecei a pensar se o cartaz escrito à mão de PRECISA-SE DE BALCONISTA continuava pendurado na filial local da farmácia Rite Aid.

— E isso ainda não é o pior de tudo, Sr. Hollis. — A indignação na voz do diretor Marcus era tão forte que ele estava começando a tremer. — Se tivessem nos trazido essa informação antes nós poderíamos ter localizado o Sr. Pearson há *semanas*. Vocês não...

Meu coração parou de bater.

— Diretor — interveio o chefe de polícia num tom de alerta.

O rosto do sujeito ficou branco por baixo das manchas senis quando se deu conta do lapso que cometera. Ele lançou um olhar cheio de incerteza para Sheridan.

Há semanas? *Semanas?*

— Isso é verdade? — eu me ouvi indagar num fio de voz. — Thomas estava morto há esse tempo todo?

— Lamento, Srta. Brennan, mas não podemos divulgar esse tipo de informação enquanto a investigação ainda estiver em curso — respondeu o chefe Sheridan com firmeza, avançando na direção da escrivaninha.

O diretor Marcus murchou na cadeira. O tom do chefe de polícia fora de reprimenda. Obviamente o diretor estava saboreando com gosto seu status de condutor da reunião até jogá-lo fora por ter falado demais. Então era fato que podia haver mesmo uma autoridade mais elevada do que o sujeito que era símbolo máximo do poder na nossa escola.

— Mas o diretor Marcus tem toda a razão. Vocês deviam ter nos contado sobre isso em nossas primeiras conversas — prosseguiu Sheridan, agora olhando diretamente para nós. — Sei que pensaram em proteger seu amigo, mas obstruindo a nossa investigação acabaram fazendo exatamente o oposto.

O pouco que eu havia conseguido comer no café da manhã começava lentamente a fazer o caminho de volta do estômago. Será que ele estava certo? Eu poderia realmente ter evitado a morte do Thomas se tivesse revelado o bilhete? Como isso podia estar acontecendo?

Lágrimas encheram meus olhos, que mantive fixos no abajur de vidro verde sobre a mesa do diretor até a imagem ficar borrada. Eu não iria suportar aquilo. Comecei a sentir o peito se enchendo de alguma coisa que não soube definir. Alguma coisa que certamente acabaria me afogando.

— Você não sabia — murmurou Josh.

Olhei para ele. Seus olhos estavam pregados nos meus. Isso de alguma forma fez eu me sentir mais calma, e desejei que ele não desviasse o olhar. Se ele desviasse o olhar, eu afundaria.

— Como disse, Sr. Hollis? — disparou o chefe de polícia.

— Só falei que ela não sabia — repetiu Josh um pouco mais alto. — Não havia como Reed saber que Thomas iria se machucar. Para ela, era só uma carta de fim de namoro. Como ela poderia saber?

Ele fuzilava o chefe de polícia com os olhos. Fuzilava com os olhos o sujeito que tinha o poder de acabar com as vidas que conhecêramos até ali. Ele era mesmo corajoso ou só incrivelmente estúpido? No instante em que os olhos de Josh se desviaram dos meus, as lágrimas despencaram em silêncio pelo meu rosto.

Controle-se, Reed. É o mínimo que pode fazer. Não vá deixar essas pessoas verem você desabando. Enxuguei o rosto, mas as lágrimas continuaram brotando.

— Acalme-se, Sr. Hollis — disse o chefe Sheridan.

— Só não entendo qual a utilidade que veem em fazer uma garota chorar, senhor — retrucou Josh.

— Josh, tá tudo bem — grasnei.

Ele ia acabar conseguindo a nossa expulsão se continuasse com aquilo. Ou a nossa prisão. Ou as duas coisas.

O chefe Sheridan sustentou o olhar do Josh por um longo momento, em seguida deu as costas para nós e sussurrou algo para o diretor. Fiz força para escutar, mas só consegui distinguir algumas palavras soltas.

...castigo...

...ingênuos...

...útil...

Por fim, o chefe voltou-se para nós de novo.

— Podem ir para a aula — disse ele, bufando. Enquanto isso o diretor virava sua cadeira para o lado oposto de onde nos encontrávamos. Ele parecia uma versão murcha e arrasada de si mesmo.

Nem eu nem Josh nos movemos. Não podia ser simples assim.

— Agradeço a sua tentativa de colaborar vindo aqui hoje — falou o chefe. — Foi um pouco atrasada, mas ainda assim não vejo sentido em acusá-los de coisa alguma. Sendo menores de idade vocês iriam receber pouco mais do que uma palmadinha corretiva, e pela expressão nos seus rostos estou vendo que isso já aconteceu.

Palmadinha, não. Uma bofetada na cara e um golpe no estômago. De soco-inglês.

— Em todo caso, se lembrarem de mais alguma coisa, *qualquer coisa que seja,* quero que nos procurem imediatamente. Estamos entendidos? — perguntou ele, fincando um dedo no tampo da mesa.

— Sim, senhor — disse Josh, pondo-se de pé.

— Sim, senhor — repeti com a voz chorosa.

— Ótimo. Agora caiam fora daqui antes que eu mude de ideia.

DECISÃO MINHA

Semanas. Ele poderia ter sido encontrado há semanas. Thomas ficara largado em algum lugar, morto, por pelo menos duas semanas. Mas onde? Onde a polícia o havia encontrado afinal? Os boatos eram confusos. Eu tinha ouvido falar que fora num campo atrás da escola pública. Perto de um córrego nas montanhas. Dentro de um prédio abandonado. E também — a hipótese que me dera mais calafrios — no porta-malas de um carro detonado.

Será que algum dia eu saberia a verdade?

— Reed, você devia tentar comer alguma coisa — disse Ariana em seu tom maternal.

Pisquei os olhos. O refeitório estava tão silencioso que eu viajei e esqueci onde estava. Meu sanduíche de peru no pão de forma tostado jazia intacto na bandeja. Kiran e Natasha haviam acabado de se acomodar do outro lado da mesa. Eu nem sequer ouvira as duas chegarem.

— Coma pelo menos o pão — insistiu ela gentilmente.

— Melhor a carne. Você precisa de proteína, não de carboidrato — interveio Kiran, sacando um grosso exemplar da *Vogue* de dentro da bolsa.

Natasha me lançou um olhar e sorriu. Será que em algum momento da vida Kiran *não pensava* em tabelas de calorias? Ariana ficou encarando a garota enquanto ela folheava as incontáveis páginas de anúncios no começo da sua revista como se não tivesse notado.

— Que foi? Carboidrato só vai deixá-la se sentindo pesada. A ideia é devolver a energia da Reed, certo? — respondeu enfim Kiran, os olhos verdes muito abertos. — Então ela precisa é de proteína.

Ninguém *jamais* conseguia ignorar uma encarada séria de Ariana. Empurrei a fatia de pão de cima do sanduíche e pesquei com os dedos um pedaço do peru para comer.

— Satisfeita?

Kiran franziu seu nariz elegante.

— Eu teria preferido um garfo, mas tudo bem.

Noelle veio caminhando para sentar-se no lugar habitual, em frente a Ariana na ponta da mesa. Ela deixou escapar um suspiro de frustração e cravou os olhos em Taylor enquanto essa se esgueirava por trás de mim para desabar na cadeira seguinte. Ela estava com o nariz vermelho e os cachos emaranhados e opacos. Como se não vissem xampu há dias. Parecia cansada. Cansada como alguém que tivesse passado a noite toda sem desgrudar os olhos do despertador calculando quantas horas de sono poderia ter se simplesmente pudesse apagar *naquele instante*.

Espera aí. Essa era eu.

— O que há? — perguntou Kiran, os olhos indo de Taylor para Noelle.

— O que há é que já enjoei deste clima de enterro — disse Noelle jogando o cabelo escuro comprido por cima do ombro. — Chafurdar no luto não adianta nada. — Ela olhava incisivamente para mim e para Taylor. — A menos que a pessoa *goste* de levar injeções de Botox nas rugas depois.

— Noelle, Thomas foi sepultado no último fim de semana — contemporizei, sentindo a garganta apertada.

— Eu sei, tá? Eu também estava no velório. Mas olhe só para vocês. Isto não é saudável. Se continuarmos desse jeito vamos chegar ao fundo do poço.

Nesse exato momento as portas do refeitório se abriram com um estrondo que fez todos lá dentro pularem. Dash Mc-Cafferty entrou, o cabelo loiro balançando e os olhos verdes com um brilho que parecia ser de empolgação. Atrás vinham Josh e Gage Coolidge, que caminhava com seu habitual jeito pedante de modelo desfilando numa passarela invisível. Walt Whittaker fechava o cortejo com as bochechas vermelhas por causa do frio e um casaco grosso de lã que lhe batia abaixo dos joelhos.

Dash parou na ponta da mesa. Todos os olhos estavam voltados para ele. Calouros, veteranos, professores, todos atentos. Como se o rei houvesse finalmente adentrado o recinto depois de todos termos viajado quilômetros para testemunhar o seu pronunciamento.

— Agora é oficial, meus amigos — anunciou Dash abrindo os braços. — Nós vamos dar uma festa.

Um burburinho correu pela sala instantaneamente, numa onda que avançou até as paredes do fundo para reverberar de volta outra vez. Dois segundos depois, o refeitório ganhou vida com um falatório animado.

— Agora, sim — fez Noelle num tom consideravelmente mais alegre.

— Uma festa? — guinchou Taylor.

— A troco de quê? — perguntou Natasha.

— Para o Thomas — explicou Gage. — Tipo em honra à memória do cara e essas merdas.

— Muito eloquente, Gage — zombou Whit.

— Ora, mil perdões, Mestre Webster — respondeu Gage num arremedo do sotaque esnobe da Nova Inglaterra. A mão estava aberta sobre o peito, e ele ergueu o nariz. — Minha intenção *de maneira alguma* foi ofender.

Whit corou e Gage deu uma gargalhada antes de pegar um palitinho de cenoura do prato da Ariana e mordê-lo. Josh, enquanto isso, passou por trás de mim e foi sentar-se do outro lado de Taylor. Ele não parecia tão eufórico quanto os amigos.

— Você acha mesmo que tem clima para isso? — perguntou Natasha, olhando de forma significativa na minha direção. Eu adorava quando outra pessoa dizia o que estava se passando na minha cabeça sem que eu precisasse abrir a boca. Natasha tinha uma profundidade que parecia faltar às minhas outras amigas, uma capacidade para imaginar como seria se a pessoa que *ela* amava tivesse sido encontrada morta nos arredores do campus. Que sentimentos isso provocaria. Eu desconfiava que Noelle não se dera ao trabalho de tentar imaginar Dash num caixão debaixo da terra para me compreender melhor. Fazer algo assim seria desagradável demais para a Deusa de Ouro da Easton.

— Ah, falou a referência em moral — anunciou Noelle. Ela dobrou as mãos sob o queixo e lançou um olhar embevecido para Natasha. — Diga, Sra. Bush. Qual é a nossa repreensão do dia?

Todos os garotos deram risada. Os olhos de Natasha estreitaram-se em duas lâminas de puro ódio.

— Só estou querendo dizer que talvez nem todo mundo nesta escola veja a morte como um pretexto para fazer festa.

— Bom, os que pensam assim só podem ser um bando de babacas — sentenciou Gage.

— Nós já temos a permissão do diretor — completou Dash esfregando as mãos, como se isso pusesse um ponto final na oposição de Natasha. — Vamos fazer na véspera do feriado de Ação de Graças, uma festa brega. Tipo um baile de formatura de escola do Meio-Oeste ou coisa parecida.

— Vai ser muito engraçado! — Gage caiu na gargalhada de novo.

— Thomas adoraria uma coisa assim — comentou Ariana.

Eu olhei para ela. Ariana sempre detestara Thomas. Havia sido a primeira a me alertar para ficar longe dele. Como podia saber o que ele adoraria ou deixaria de adorar?

— Será que a gente consegue trazer umas *strippers* escondidas para animar? — perguntou Gage. — *Isso* certamente o Thomas adoraria.

Minha temperatura corporal chegou ao ápice, e eu reparei nos olhares de relance de todos querendo conferir a minha reação. Tentei não expressar nenhuma.

— Coolidge, como pode ser tão vulgar? — fez Natasha.

— Crenshaw, por que você e o Whittaker não se juntam logo para perpetuar a espécie? — sugeriu Gage. — Iriam produzir o primeiro republicano mestiço da História dos Estados Unidos.

Whit fez troça. Natasha estreitou os olhos.

— Sabe do que eu gosto mais em você, Coolidge? É tão ignorante que chega a pensar que essa sua ignorância pode ser motivo de orgulho.

— Você sabe que me ama — retrucou Gage.

— Já chega disso. Podemos voltar ao assunto da festa? — interveio Dash.

— Acho que é exatamente disso que nós estamos precisando — animou-se Noelle.

— Exatamente — concordou Dash. — Para tirar todo mundo desse maldito clima mórbido. Ele está acabando comigo. E, se querem saber, acho que Pearson não iria gostar nem um pouco de ver a escola desse jeito.

— Afinal ele *era* um cara que estava sempre a fim de festejar — observou Kiran franzindo a testa com um ar reflexivo.

— Sem essa, aposto que você só está atrás de mais um pretexto para encher a cara — brincou Noelle.

— O que acha, Reed? — Ariana me consultou.

Eu tenho que dizer: parte de mim ficou tocada com a constatação de que algumas daquelas pessoas consideravam que o assunto fosse decisão minha. Mas acho que devia ser assim quando se era a namorada do sujeito morto em circunstâncias escusas e misteriosas. Para aquela gente eu era praticamente uma viúva.

Só que infelizmente não tinha qualquer condição de processar coisa alguma. Essa ideia, como todas as outras coisas que apareceram no meu caminho nos últimos dias, estava simplesmente além do que eu era capaz de lidar no momento. O que todo mundo iria pensar? Como eu seria capaz de comemorar alguma coisa agora? Essa decisão realmente cabia a mim?

Todos no recinto me encaravam. Desesperada, voltei os olhos para Josh.

— O que você acha? Está pronto para uma festa?

Ele encolheu os ombros.

— Talvez não seja uma ideia ruim. Se for ajudar, você sabe, as pessoas a superarem isso tudo.

Ele sustentou meu olhar por um momento e eu pude ver que não estava preocupado somente com "as pessoas". Ele estava pensando em mim. Ele queria que *eu* superasse aquilo. Ao seu lado? Uma centelha de empolgação serpenteou por entre o emaranhado de dor, culpa e medo que atravancava meu peito. E, num piscar de olhos, ali estava eu às voltas com outra coisa que não conseguiria fazer meu cérebro processar.

— Acho que é uma ideia ótima — falei, com um sorriso forçado. — Vocês têm toda razão. Este dramalhão todo não tem muito a cara do Thomas. Ou... não teria.

— Perfeito, então está marcado — disse Dash enquanto puxava uma cadeira de outra mesa para sentar-se à cabeceira da nossa. — Além do mais, quem sabe? Pode ser que até o dia da festa o canalha que foi o responsável já esteja preso, e nesse caso nós teremos um motivo para comemorar de verdade.

Taylor fungou, e quando me virei para encará-la as lágrimas já rolavam pelo seu rosto.

— Meu Deus, Taylor — reclamou Noelle. — Toma um Prozac para dar um jeito nisso. Como Hollis disse, já está na hora de superarmos o que aconteceu.

Taylor se encolheu diante das palavras de Noelle e me solidarizei com ela. Estendi a mão para dar uns tapinhas nas suas costas, mas a garota saltou da cadeira antes que eu a tocasse.

— Preciso ir até a enfermaria — disse ela.

Quando foi tatear as costas da cadeira na tentativa de soltar a alça da bolsa, derrubou-a no chão com um estrondo que reverberou no refeitório silencioso. Todos voltaram a olhar para nós e Taylor se sentiu constrangida. Baixando a cabeça, ela correu para a porta segurando o agora sempre presente lenço de papel contra o nariz.

— O que essa garota tem ultimamente? — perguntou Natasha.

Noelle, Ariana e Kiran trocaram olhares. Como se estivessem a par de algo que nós não sabíamos — o que de modo geral costumava ser verdade. E em seguida voltaram a se concentrar em suas bandejas. Eu me recostei na cadeira relembrando uma coisa que Constance dissera a respeito de Taylor semanas antes, assim que Thomas havia desaparecido. A polícia começara a fazer entrevistas de rotina com todos os alunos, e Constance comentou comigo que Taylor havia saído da sala de interrogatório aos prantos na sua vez. Como aquele comportamento nos pareceu estranho, ela especulou que Taylor talvez pudesse ter uma queda pelo Thomas.

Essa ideia na ocasião me fez rir, até porque eu relegara a história toda de Taylor-aos-prantos-depois-de-falar-com-a-polícia ao status de simples boato. Mas agora já não tinha mais tanta certeza. Considerando a maneira como vinha se portando desde o enterro, certamente parecia possível que Thomas fosse mais importante para ela do que eu imaginava.

Na noite do Halloween, as Meninas do Billings haviam me garantido que não haveria mais nenhum segredo entre nós. Pelo visto, elas já estavam tomando certas liberdades com relação à promessa feita.

ASSASSINADO

No início da semana seguinte, eu estava sentada de frente para Noelle na biblioteca fingindo ler um exemplar de *As vinhas da ira*. Como já havia lido o livro no oitavo ano durante um desafio de leitura proposto pela professora de Inglês nas férias (e que eu havia vencido com folga), tecnicamente não tinha qualquer necessidade de lê-lo outra vez. A verdade é que eu devia estar estudando para a prova de Francês ou fazendo meus trabalhos no laboratório de biologia, mas como não conseguia me concentrar em coisa alguma por mais de cinco segundos, resolvera ficar mesmo com o livro já lido. Debaixo da mesa, minha perna quicava como se estivesse tentando se desgrudar do tronco.

Se conseguisse escapar de ser reprovada antes do Natal seria por puro milagre.

A biblioteca estava mergulhada num silêncio mortal, quebrado apenas pelo estalar ocasional de uma lombada de livro sendo aberta ou o arranhar de um lápis no papel.

Na minha cidade, a biblioteca da escola sempre vivia cheia de risinhos e sussurros e partidas de hóquei de mesa. Ela servia como refúgio para a garotada passar os períodos de hora de estudo fofocando e fazendo idiotices em geral. Na Easton, a biblioteca era local de trabalho. Assim que cheguei, essa diferença havia me insuflado com uma espécie de orgulho intelectual. Eu agora estava em uma instituição séria de ensino. Era uma acadêmica. Hoje, o silêncio estava ameaçando acabar comigo. Ele deixava espaço demais para o meu pensamento vagar por outras coisas.

Eu vou buscar uma garrafa d'água — disse Noelle sacando sua carteira Gucci. — Você quer alguma coisa?

Não existiam bebedouros na Easton. Só máquinas de moedas abastecidas com garrafas de Evian.

— Não, obrigada.

Ainda não havia me acostumado com essa novidade de Noelle ir buscar as coisas em vez de mandar que eu fizesse isso. Nem com o fato de *ela* estar ali perguntando se podia fazer algo por *mim*. Devia era ter me aproveitado desse momento — e teria feito isso mesmo se esse tipo de coisa ainda constasse em algum lugar da minha lista de prioridades. Algo que aparentemente nunca mais voltaria a acontecer.

Noelle me deu as costas e caminhou até o nicho reservado aos toaletes, onde as máquinas zumbiam. Assim que ela desapareceu de vista ouvi o som de pés martelando o chão acarpetado e ergui os olhos. Na verdade, todos os que estavam ali ergueram os olhos. Lorna Gross irrompeu sala adentro e correu direto para uma mesa lotada de segundanistas à esquerda de onde eu me sentava. O cabelo frisado formava um triângulo, com mechas grudadas à camada brilhosa de suor que cobria seu rosto. Arfando, ela cochichou alguma coisa espalhando perdigotos sobre os livros dos amigos.

De repente, todos os olhos se voltaram para mim. Constance, Missy, Diana Waters. Kiki Rosen tirou os fones dos ouvidos e desligou o seu iPod. Eu me senti como se houvesse uma onda enorme prestes a quebrar às minhas costas e todos estivessem assistindo à cena, esperando para me ver tragada pelo maremoto.

— Que foi? — perguntei alto.

Constance correu os olhos pelas companheiras de mesa e em seguida apoiou a mão nas costas da cadeira enquanto se levantava hesitante. Ela veio para perto e sentou-se ao meu lado, inclinando o corpo para garantir que o que dissesse não seria ouvido por mais ninguém. Eu agarrei o livro com tanta força que comecei a sentir os pontos dos dedos doerem.

— Reed, eles prenderam uma pessoa — disse Constance numa voz calma, confortante. — Um sujeito da cidade... Rick DeLea ou algo assim?

Minha garganta apertou. Meu coração apertou. Meu ventre se contraiu formando um nó. De repente, Constance pareceu estar muito longe. Tudo e todos pareceram encolher ao fundo da cena, e o que existia no mundo era uma coisa só:

Thomas foi assassinado. Thomas foi *assassinado*.

Então Noelle estava certa. Então o tal traficantezinho da cidade de quem ela e Josh haviam ouvido falar — e eu nada sabia — foi quem o matou.

Então... então... então...

— Estão dizendo que ele era o contato do fornecedor do Thomas, ou coisa parecida. — Constance franziu o cenho de um jeito que modificou o desenho das suas sardas.

Assenti, muda. Não havia meio de conseguir falar.

Missy Thurber levantou-se e caminhou a passos largos em nossa direção. Com Lorna ao seu lado.

— Ora, ora. Pelo jeito não vai dar mais para você continuar explorando esse seu papel de heroína trágica.

— Cale a boca, Missy — ralhou Constance, lançando em seguida um olhar chocado para si mesma.

— Que foi? Só estou dizendo. Thomas Pearson não foi a vítima inocente de algum crime perverso contra estudantes. A morte dele aconteceu por um desentendimento relacionado a tráfico de drogas. Como a de um criminoso qualquer. — Missy inclinou o corpo por cima da mesa e me olhou nos olhos. — Acho que isso dá uma boa abalada no seu prestígio.

Eu mal escutei uma palavra do que ela disse. Tudo o que conseguia ouvir ou enxergar era só uma palavra: *assassinado*. A palavra que eu passara dias tentando evitar. *Assassinado*.

Thomas Pearson havia sido assassinado.

Calor. Sem ar. Eu precisava de ar. Contorcendo o corpo, estiquei a gola alta do meu suéter para longe da pele que pinicava.

— Disseram que havia instrumentos para consumir drogas e um maço de dinheiro perto do corpo — prosseguiu Missy. — Parece que alguém teve uma discussão com o seu *fornecedor*.

Uma pessoa se mexeu atrás de mim. Lorna deu um passo incerto para trás. O rosto de Missy perdeu qualquer traço de triunfo. Ela endireitou o corpo.

Noelle depositou a água e sua carteira na mesa à minha frente, inclinou-se por cima do meu ombro e deu uma boa encarada em Missy. Ela tombou deliberadamente a cabeça para um lado, depois para o outro, como se estivesse tentando enxergar melhor alguma coisa. Ninguém mexeu um músculo. Ninguém ousou dizer nada.

— Hum — fez Noelle.

— Que foi? — retrucou Missy com a voz trêmula.

Noelle franziu a testa e deu de ombros.

— Sempre tive a curiosidade de saber se daria pra avistar a China por essas suas narinas cavernosas, mas a floresta de pelos do seu nariz não deixa ver muita coisa.

Alguém soltou um riso. A mão de Missy voou para cobrir o nariz.

— Seu nome é Missy Thurber, não é isso? — continuou Noelle. — Sua mãe e sua irmã foram do Billings?

A outra havia se transformado numa estátua branca de mármore.

— Bem, muito obrigada, Missy. Você acaba de me inspirar a abolir aquela regrinha arcaica que prevê a admissão automática ao Billings aos familiares de ex-ocupantes — disse Noelle. — Divirta-se no Alojamento Dayton no ano que vem. Soube que eles finalmente estão prestes a dar um jeito naquela horrorosa infestação de ratos.

Missy abriu a boca de um jeito que daria para enfiar meu punho inteiro lá dentro. Ela deixou escapar um ruído estrangulado enquanto dava meia-volta e corria para fora, ainda com os dedos cobrindo o nariz. Lorna a seguiu apressada, vendo suas próprias chances-por-tabela no Billings irem por água abaixo. Um momento glorioso, sem dúvida, se as imagens de Thomas morto numa poça de sangue e cercado de saquinhos de pó e comprimidos não insistissem em passar pela minha cabeça.

A imaginação é uma coisa terrível.

— Você está bem? — perguntou Noelle entrando no meu campo de visão.

— Eu não sei — respondi.

— Talvez seja melhor ir deitar um pouco — sugeriu Constance.

— Boa ideia — aprovou Noelle.

As faces de Constance coraram de prazer.

— Vamos — disse Noelle, juntando depressa as minhas coisas e as dela. — Hora de levar você de volta para o Billings.

Constance e eu nos levantamos. Noelle postou-se bem ao meu lado enquanto caminhávamos para a porta. De alguma maneira consegui ir avançando com um pé na frente do outro, mas fiquei feliz que não houvesse qualquer obstáculo pelo caminho. Estava me sentindo tão entorpecida que teria sido capaz de bater de cara num rinoceronte se aparecesse um à minha frente.

— Vai ficar tudo bem, Reed — disse Noelle. Ela parecia cheia de energia. Veemente. — Vai, sim. Pelo menos pegaram o sujeito, não é? Enfim está tudo acabado. Aquele idiota vai pagar pelo que fez.

Ela empurrou a porta e uma lufada de frio atingiu em cheio meu rosto. Arfei buscando um pouco de ar e olhei para as estrelas que forravam o céu de novembro.

Pelo menos pegaram o sujeito. Aquele idiota vai pagar pelo que fez.

Talvez algum dia essas palavras ganhassem o sentido que Noelle quis dar a elas, mas por enquanto significavam só uma coisa. Thomas não precisava ter morrido. Alguém havia decidido matá-lo.

E, num piscar de olhos, a raiva estava de volta.

VELHOS AMIGOS

Na manhã seguinte eu estava com os olhos pregados na janela da frente do Billings, esperando Ariana e Taylor terminarem de se aprontar. Minúsculas gotas de chuva salpicavam a vidraça brilhante contra o céu nublado, num pano de fundo perfeito para o meu humor sombrio. Inspirei profundamente e soltei o ar devagar pela boca, impressionada com o fato de o campus lá fora ainda me parecer tão lindo mesmo nessa época do ano, mesmo nesse estado de espírito. Já estávamos em meados de novembro e o gramado continuava verde e bem-aparado, as moitas de sempre-vivas podadas com perfeição. O frio da noite congelara pequenas contas d'água nos galhos nus das árvores no final da alameda, formando um dossel de diamantes. Lá em casa não haveria nada além de tons de marrom e cinza. Grama morta, plantas mortas, montes úmidos de folhas caídas apodrecendo sem que os responsáveis as recolhessem. Novembro era um dos meses mais feios do ano em Croton. Nada jamais era feio na Easton. Nem mesmo depois de um assassinato.

Houve um rumor nas escadas e eu me virei para ver Ariana e Taylor se aproximando. A primeira vinha calçando suas impecáveis luvas brancas de couro de vitela.

— Pronta? — perguntou com os olhos brilhando.

— Pronta.

Ao sair, o golpe do vento e do chuvisco no rosto quase me derrubou no chão. Ariana e Taylor saíram do Billings depois de mim e instintivamente se aproximaram.

— Preciso de um café — murmurei, abotoando até o fim o casaco novo de lã que meu pai encomendara na Land's End e mandara entregar diretamente para mim. Ele era bem mais esportivo e simples do que os casacos de grife que enchiam os armários das outras Meninas do Billings, mas pelo menos aquecia bem.

— Eu preciso de um mingau de aveia — completou Taylor.

Hoje ela voltara a ter uma aparência um pouco mais normal. Os cachos loiros dançavam em volta do rosto, a pele recuperara um pouco da cor. Embora talvez isso fosse só efeito do vento.

— Isso quer dizer que hoje você vai comer? — perguntou Ariana, enlaçando o braço no meu enquanto atravessávamos o campus apressadas, nossos sapatos fazendo *bloch-bloch* na alameda de pedra molhada. — Vocês duas vão?

— Vou tentar — falei.

A verdade era que ainda estava esperando meu apetite voltar. O único motivo que me fazia ter pressa de chegar ao refeitório era descobrir se havia mais alguma novidade, se alguém ouvira falar mais alguma coisa sobre o tal Rick. Na pior das hipóteses, eu poderia até mesmo procurar Walt Whittaker para uma conversinha particular, por mais estranha que soasse essa ideia. Afinal, o experimento romântico conduzido por Whit e por mim havia implodido só há pouco mais de uma semana, exatamente na noite em que Thomas fora encontrado; mas Whit era também alguém que tinha laços de sangue com os poderes estabelecidos da Easton. A avó dele fazia parte do conselho diretivo, o que significava que talvez eu fosse precisar engolir e ir falar com ele.

Quando estávamos prestes a fazer a curva e entrar no acesso ao refeitório, avistei alguém pelo canto do olho. Parei de caminhar e meu pulso acelerou, aquecendo a pele. O detetive Hauer. Fazendo seu passeio matinal, mesmo com aquele tempo. Se havia uma pessoa capaz de me revelar mais do que Whit poderia, essa pessoa era Hauer.

Parei e fiquei esperando ele nos alcançar.

— Bom dia, meninas. — O detetive trazia um sorriso afável no rosto, embora os olhos castanhos parecessem tristes e cansados. O sobretudo preto estava esticado no corpo atarracado, o cinto mal conseguindo fechar na cintura. — Tempinho revigorante este, não é?

— Sem dúvida, detetive, é mesmo. — Ariana pôs em ação suas boas maneiras sulistas.

— E como você está, Reed? — perguntou Hauer.

Não sei por que enrubesci por ter sido o alvo específico da pergunta. Nós já havíamos nos encontrado no pátio antes em condições iguais àquelas, com a diferença que eu estava sozinha na ocasião. E, além disso, ele havia conversado comigo na companhia do chefe de polícia ontem mesmo. Éramos praticamente dois velhos amigos.

— Então é verdade, detetive? — perguntei. Uma onda de excitação nauseante misturada com pavor tomou conta de mim pelo simples fato de conseguir formular a pergunta. Finalmente. — O cara foi preso mesmo? Ele é o culpado?

Hauer levantou ligeiramente a cabeça e estudou meu rosto por um instante antes de responder.

— Um suspeito foi detido, é verdade. Mas ainda não sabemos se esteve envolvido ou não com a morte do seu amigo. Ele ainda está sendo interrogado.

— Mas se foi preso deve ter havido um bom motivo para isso — interveio Ariana.

— Encontramos evidências bastante convincentes, com certeza.

— O que isso quer dizer? — interpelei.

— Quer dizer que ele é um suspeito, só isso — o tom do detetive era gentil. — Sei que você era bastante próxima do Thomas, Reed. Não tive a chance de lhe dizer isso ontem, mas quero que saiba que sinto muito pela sua perda.

Ariana apertou a mão em torno do meu braço. Como se fosse um aparelho de medir a pressão naqueles momentos em que você pensa se o médico vai continuar bombeando a borrachinha sem parar até explodir tudo. Voltei a sentir um bolo na garganta. Tentei engolir sem sucesso, e meus olhos se encheram de lágrimas instantaneamente.

— Prometo que aviso a você assim que tivermos alguma conclusão mais certa — me disse o detetive.

Concordei com a cabeça. Queria agradecer a ele, mas sabia que precisava esperar essa última onda de angústia passar primeiro.

— Obrigada, detetive — fez Ariana, relaxando ligeiramente os dedos que me seguravam. — Venham, meninas. É melhor entrarmos ou vamos congelar aqui fora.

Ela realmente estava ficando mais parecida com uma mãe a cada dia. E eu não podia me sentir mais agradecida por isso. Sem o seu puxão no meu braço acho que teria ficado ali parada no frio o dia todo.

— Senhoritas — disse o detetive ao se afastar.

— Até logo — eu me ouvi dizer.

Ariana nos guiou até a entrada e abriu a porta do refeitório, esperando eu e Taylor passarmos primeiro. O calor do aquecimento envolveu meu corpo, e eu respirei pelo que pareceu ser a primeira vez em horas.

— Prontinho. Viram? — disse Ariana, olhando para nós. Ela se desvencilhou do seu casaco de cashmere azul-claro e o dobrou sobre um dos braços. — Não está se sentindo melhor agora? *Vocês duas* não estão se sentindo melhor?

Olhei para Taylor e ela deixou escapar um suspiro, sorrindo de leve. Era a primeira vez que eu a via sorrir desde aquela noite de sábado que nós todas havíamos passado em Nova York curtindo a vida como as idiotas despreocupadas que éramos então.

— É, bem melhor — disse Taylor enquanto desabotoava seu casaco xadrez.

— Bem melhor — ecoei.

Agora eu só precisava começar a acreditar nisso.

RESIGNADA

Nossos boletins haviam chegado.

Os boletins. Eu havia esquecido que o bimestre chegara ao final. Mas ali estava o meu, na caixa de correio com meu nome localizada no corredor de acesso à loja da escola: o brilhante envelope de cor creme apoiado na diagonal contra a abertura da caixa. Eu podia ver centenas de outros envelopes iguais nas centenas de outras caixas de correio por ali. A poucos metros de onde estava parada, um grupo de calouros zonzos de empolgação rasgava a extremidade dos seus envelopes para comparar o conteúdo. Pipocavam risinhos vitoriosos e resmungos de desalento. Sentia meus dedos coçarem para inserir a senha do cadeado, mas o reflexo de luta ou fuga falou mais alto. Não estava em condições de lidar com isso. Não naquele momento. Dei meia-volta e saí para o frio.

Assim que a porta bateu atrás de mim, me senti mais leve de alguma forma, mais dona da situação. Enfim havia assumido o controle de alguma coisa, por menor que fosse. Obviamente teria que olhar o conteúdo do envelope em algum momento, mas por ora estava decidida a ficar sem saber o que havia ali. E a sensação era boa.

Nessa mesma noite, tomei a decisão de estudar de verdade. Quaisquer que fossem as notas no meu boletim, eu iria fazê-las melhorar no segundo semestre. Era exatamente disso que precisava para superar a história com Thomas. Iria me transformar num verdadeiro crânio. Alguém que superaria todas as expectativas. Iria me atirar nos estudos e esquecer todo o resto. E foi munida dessa resolução que adentrei a biblioteca com o livro de história em punho, meu caderno e uma caneta nova. A intenção era fazer anotações para a arguição do dia seguinte usando a dica dada por Taylor no início do ano. Bastava copiar a terceira frase de cada parágrafo. Era dali que o Sr. Barber sempre tirava as questões das suas arguições orais. Puro trabalho braçal. Se nem isso eu conseguisse fazer, seria sinal de que estava com um grande problema.

Todas as pessoas com quem esbarrei no caminho paravam o que estavam fazendo para me ver passar. Eu sentia os músculos dos ombros se retesarem, mas segui em frente sem me abalar. Já estava cansada de ser alvo de todos os olhares. De ver as pessoas cochichando a meu respeito. Perguntando se eu estava bem. Mas, pensando bem, não podia culpá-las. Nas últimas semanas, havia me transformado numa catástrofe ambulante. Ficando alheia a tudo na aula. Olhando para o nada na biblioteca. Dormindo até o último instante possível porque geralmente esses vinte minutos finais eram o único sono que eu conseguia ter. Um dia, estava tão desligada que só lá pelo meio do pátio fui me dar conta de que havia saído com dois pés de sapato de pares diferentes. Coisa que na Easton equivaleria a aparecer pelada no refeitório.

Bem, mas agora isso iria mudar. Eu tinha que parar de ficar esperando que alguma fada madrinha de história infantil aparecesse com uma varinha de condão e me fizesse esquecer todo o passado. Aquilo estava nas minhas mãos.

Bem no meio da biblioteca, dois caras do Alojamento Drake, um dos piores alojamentos masculinos do campus (apelidado de "Alojamento Traste"), estavam sentados na ponta de uma mesa comprida. Nenhum dos dois ergueu os olhos quando passei.

Isso já me fez gostar da dupla. Acomodando-me na extremidade oposta da mesa, abri meu livro.

Muito bem, lá vou eu. Ao trabalho.

— Reed?

Pisquei algumas dezenas de vezes. Meus olhos ardiam. Por fim, eles distinguiram a figura de Josh sentado bem à minha frente. Eu tinha a sensação de que alguém acabara de me acordar sacudindo meu braço. Chequei o relógio de pulso. Meia hora havia se passado. Meu caderno continuava em branco.

— Oi. — Com um ar cauteloso, ele livrou-se da bolsa carteiro e apoiou-a na mesa. — Tudo bem com você?

— Tudo *bem* — disse eu entre dentes. — Ficaria melhor se as pessoas parassem de me perguntar isso.

Josh ergueu as mãos.

— Desculpe.

A sensação de culpa foi instantânea. Eu não podia começar a dar patadas nos meus amigos agora. Se perdesse eles também, ficaria sem nada. Alguma coisa entre um suspiro e um gemido escapou por entre meus lábios.

— Não, *eu* é que peço desculpas. — Cruzei os braços em cima do caderno e encostei minha testa nos pulsos. — Não tive a de intenção de ser grossa nem nada — falei, a boca virada para o tampo da mesa.

— Não faz mal — disse Josh com sinceridade. — O que está rolando?

Senti o dedo dele encostar no meu mindinho. Fiquei toda quente por dentro. Um único milímetro de pele contra pele e meu corpo inteiro reagia. O que Thomas acharia disso? Será que ele estava me vendo agora? Será que coisas assim eram possíveis? Ele teria como saber que eu estava ali cheia de calores por causa de um dos seus melhores amigos? Fechei os olhos bem apertados e sacudi a cabeça na tentativa de espantar esses pensamentos.

Não era justo. Não mesmo. Nada era justo.

— Reed? — O tom sério de preocupação na voz de Josh me vez vibrar por dentro.

Com um suspiro, ergui a cabeça só até apoiar o queixo no caderno. E lancei um olhar patético para ele. Só queria um abraço. De alguma forma, sentia que se pudesse ficar entre os braços de Josh começaria a me sentir bem. Mas como eu seria capaz de uma coisa dessas? Como nós dois seríamos capazes?

— Eu só queria ter algum jeito de escapar da minha própria cabeça — falei depois de um longo silêncio. — Está impossível viver aqui dentro.

Josh abriu um sorriso. Ele inclinou o corpo para a frente, aproximando o rosto da mesa, tão perto do meu que eu podia ver todas as marcas leves das sardas no seu nariz.

— Acho que tenho uma ideia para isso, se estiver mesmo interessada — disse ele, com um brilho travesso nos olhos normalmente tão livres de qualquer malícia.

Ora. Isso era um mau presságio.

Endireitei o corpo.

— Se está falando de maconha ou coisa parecida, não estou interessada. — Comecei a ajeitar os livros como se fosse estudar de verdade. — Considerando os acontecimentos — acrescentei incisivamente.

— Não tem nada a ver com drogas, Reed. Qual é? — Josh também ergueu o corpo. — Você acha que sou algum idiota?

Pisquei. O rubor nasceu num ponto atrás das orelhas e esquentou meu rosto inteiro, até o nariz. Então era essa a sensação física da vergonha.

— O que é, então? — perguntei.

— Uma coisa melhor.

Baixei os olhos para as páginas em branco do meu caderno e inspirei com força.

— Eu topo.

ESTRAGO SUFICIENTE

Meu coração ribombava tão alto que achei que fosse ficar com zumbido nos ouvidos depois. Fazia semanas que eu não ia até o Ketlar. A última vez havia sido com Thomas ainda vivo. Na ocasião em que ele me levara até lá para transar.

Fazer amor.

Me usar?

Eu já não fazia a menor ideia. E nunca mais teria a chance de perguntar. Fosse como fosse, ficar tão perto do lugar onde a coisa acontecera estava despertando uma série de reações físicas em mim.

Náusea. Joelhos tremendo. Dor de cabeça. Olhos molhados. Eu era um efeito colateral ambulante.

— Vamos — disse Josh num meio-sussurro quando as portas do elevador se abriram.

Eu precisei de um esforço enorme para conseguir me mexer. Fui andando atrás dele pelo corredor em direção ao salão comunal. Sabia que devia estar me sentindo empolgada e curiosa com o que quer que Josh tivesse em mente, mas havia fantasmas de lembranças demais na minha cabeça para que ela pudesse se ocupar com qualquer preocupação imediata. Thomas esparramado no sofá de couro. Jogando videogame com os amigos diante da tevê de tela plana. Risadas barulhentas, vivas e brincadeiras.

Agora não havia nada disso. O lugar estava morto. Pairava no ar um cheiro antisséptico, como se alguém tivesse lavado as paredes com desinfetante. A tela da tevê estava cinzenta e o console do jogo havia sido guardado no armário abaixo dela. Um sujeito que eu não conhecia lia um livro na mesa do canto, iluminado por um abajur fraco.

Era como se a vida tivesse ido embora do Ketlar junto com Thomas.

Josh atravessou depressa o salão comunal — a única dependência do alojamento onde eu tinha permissão oficial para estar (não que tivesse observado essa norma no passado) — e enveredou pelo corredor do outro lado. De repente percebi para onde estava sendo levada. Para o quarto dele. O quarto de Thomas.

— Hum, não sei se isso é uma boa ideia.

— Não vamos ser pegos — sussurrou Josh, me puxando pela mão do mesmo jeito como Thomas fizera nesse mesmo lugar não havia muitos dias. — O Sr. Cross tem passado praticamente o tempo todo em reunião desde que encontraram o Thomas.

Eu seguia aos tropeços, conduzida por ele. Vasculhava meu cérebro enevoado atrás das palavras para explicar que o quarto de Thomas era o último lugar onde desejava entrar no momento, mas já estávamos no corredor de acesso a ele.

Minha respiração travou. Lá estava ela, a porta fechada espreitando do lado esquerdo como uma criatura dos infernos capaz de me devorar viva. Dentro daquele quarto estavam todas as coisas de Thomas. As roupas ainda com o cheiro dele. Os livros que ele sempre deixava empilhados perto da escrivaninha. A cama onde nós... onde nós... onde...

Abri a boca para dizer alguma coisa. Qualquer coisa. Não podia entrar ali.

E num instante havíamos deixado a porta para trás.

Josh pôs a mão na maçaneta ao final do corredor.

— Lá vamos nós.

— O quê? Mas eu pensei...

Então eu me vi no quarto mais apertado que já conhecera, só um pouco mais amplo que um dos armários do Billings. Não havia adornos nas paredes, só manchas de tinta de todas as cores possíveis. Reconheci a colcha de Josh do quarto antigo. A cama, a escrivaninha e a cômoda haviam sido empurradas para junto de uma das paredes para deixar espaço para três cavaletes de pintura ao longo da outra. A terceira parede era ocupada por uma única janela alta e estreita. Ao lado da porta, ficava um diminuto guarda-roupa completamente atulhado.

— Eles me transferiram para cá uma semana depois do funeral, assim que terminaram de revirar todas as minhas coisas atrás de provas ou coisa parecida — explicou Josh pousando a bolsa carteiro na cama. — Meu antigo quarto virou cena de crime agora.

— Puxa, eu nem tinha pensado nisso.

— Pois é — disse Josh com uma sombra no olhar. — Odeio isso. Quero dizer, quanta coisa uma pessoa pode suportar? Quero dizer, eu... — estancou a ladainha no meio, como se tivesse se tocado de que era melhor se conter, e me olhou de relance. — É uma droga mesmo.

— É — concordei. Não sabia o que dizer além disso.

Josh foi para um canto do quarto onde havia uma caixa respingada de tinta com uma alça na parte de cima. Ele a ergueu com uma das mãos e usou a lateral para abrir espaço e pousá-la no meio da confusão de canetas e da papelada que cobria sua escrivaninha. Olhando para ele ali, era como se eu pudesse ver como Josh era quando criança. De alguma forma, ele havia ficado menor. Mais vulnerável. E de repente me dei conta do quanto vinha sendo egoísta.

— Josh, sinto muito. — Eu me deixei cair na cama dele, tirando o casaco e deixando-o de lado. — Todo mundo não para de perguntar como eu estou, mas nem uma vez te perguntei... *Você* está bem?

Ele expirou.

— É. Eu acho. Isso tudo é meio surreal, mas... o que eu posso fazer, não é?

Eu tinha os olhos fixos nele.

— Você parece tão normal o tempo todo. Como está conseguindo segurar essa barra?

Ele baixou os olhos. Mexeu os pés.

— Tenho minhas táticas.

Tuuuuuuudo bem.

— Por exemplo?

— Foi por isso que trouxe você até aqui — disse ele, abrindo a caixa e sacando um punhado de pincéis. — Vou te mostrar uma delas.

Ele pescou um iPod do bolso da jaqueta e o encaixou nos alto-falantes que havia na escrivaninha. Bastou apertar um botão para encher o quarto com o guincho estridente de uma guitarra. Precisei de muita concentração para não encolher o corpo.

— O que está fazendo? — gritei.

— Ajudando você a escapar da sua cabeça! — Josh caminhou até o primeiro cavalete e abriu os potes de tinta que estavam pousados na bandeja acoplada a ele. Em seguida, fez o mesmo no segundo cavalete. Depois virou para trás e me entregou alguns pincéis. Fiquei olhando, confusa. Então ele estava querendo que eu *pintasse*?

Erguendo um dos potes de tinta da bandeja, Josh foi para o meio do quartinho. Ele mergulhou um dos pincéis mais longos nele.

— É isso que faço quando viver na minha própria cabeça fica... impossível — explicou.

Mergulhando o pincel na tinta, ele tirou uma porção grande e arremessou na tela. Metade a atingiu em cheio — uma enorme mancha vermelha no meio do branco brilhante. A outra metade foi parar na parede. Agora eu estava entendendo todos aqueles respingos coloridos.

— Experimenta! — gritou Josh.

— Você ficou doido? — perguntei. Os olhos dele brilharam ao encontrarem os meus e alguma coisa dentro de mim estacou. Hesitei. Olhei em torno. — Quero dizer, eles vão ter uma síncope quando virem o que você está fazendo com este lugar.

— Eles não estão nem aí! — sorriu Josh, dando de ombros, e eu fiquei pensando se a sombra que vi no seu olhar havia sido só imaginação. — Sou só um coitado, o ridículo do colega de quarto do cara que morreu. — Ele parou um instante e sua expressão mudou, como se acabasse de se dar conta de como havia soado frio o que acabara de dizer. — Ninguém dá a mínima para o que eu faço — completou.

Meu coração ribombou de solidariedade.

— Ah, isso não é verdade.

Ele me olhou como se de repente se lembrasse que eu estava ali.

— Não! Eu não quis dizer literalmente. É só que... ah, esquece. Vem, Reed, você tem que experimentar! Juro que vai se sentir melhor!

Ele tomou minha mão e enfiou um pincel nela. Minha respiração acelerou com a proximidade e a agitação do seu corpo. Josh estava cheio de energia. Eu ansiava por isso. Ansiava pela ideia de sentir qualquer coisa remotamente positiva que fosse. Forcei meu corpo para a frente e peguei um pote de tinta azul. Mergulhei o pincel nele e olhei para Josh.

— Agora arremessa — instruiu ele.

Abri um sorriso. De repente, não consegui me conter. Estar com o Josh me fazia sorrir. Simples assim. E daí se isso era traição? Se era cruel? Naquele momento, eu só queria continuar sorrindo. Então ergui o braço e arremessei. A maior parte da tinta foi para a parede. Só umas gotas caíram na tela do cavalete. E, de algum jeito, todo o resto atingiu em cheio o rosto do Josh.

Foi só olhar para ele que explodi numa risada. Ah, como era bom estar rindo. Josh limpou devagar a tinta do nariz com a ponta dos dedos, deixando um belo rastro atravessando a bochecha.

— Ah meu Deus, você tinha razão! Eu estou me sentindo melhor *mesmo* — falei.

A risada doeu fisicamente, como se eu tivesse acionado músculos que não eram exercitados havia muito tempo. Josh se virou e meu rosto foi atingido por um disparo de tinta verde. O cara foi tão veloz que eu não tivera tempo de perceber o que estava acontecendo.

— *Touché* — falei, passando a mão na testa.

Abri outro frasco de tinta e disparei contra ele de novo. Josh devolveu com uma bolha vermelha que foi se espatifar bem no meio do meu suéter preto. Dei um gritinho e contra-ataquei com amarelo. De repente, nós dois não parávamos de rir e guerrear. Quando dei por mim, Josh estava avançando com seu pincel e deixando marcas aleatórias na minha roupa. Havia tinta nos meus cabelos, nos meus sapatos, tinta por toda a minha calça jeans favorita. Mas estava pouco ligando para isso. Não me divertia daquele jeito havia muitos dias. Não havia me sentido leve assim nenhuma vez depois do funeral do Thomas. Mesmo no aperto permanente de grana em que vivia, essa sensação certamente compensava algumas roupas arruinadas.

Josh investiu na minha direção com o pincel, e me defendi com a mão no ombro dele, ofegante. Ele agarrou minha cintura e girou meu corpo. Escapei dos seus braços e corri em direção à parede. Josh estava por toda parte. Suas mãos, seus dedos, seu hálito, seu riso, seu peso. Tudo misturado num único borrão, tudo fazendo meu coração disparar a mil por hora.

Ele ia me agarrar e me beijar. Cada centímetro do meu corpo latejava de antecipação e eu sabia que Josh estava sentindo a mesma coisa. Tinha que estar. Agarrei a manga da sua camiseta e não soltei mais. Nossos corpos estavam colados um ao outro quando a luta começou a amainar. Eu podia sentir o seu hálito na minha nuca enquanto fui endireitando o corpo lentamente. Meus olhos mergulharam nos dele.

Anda, vai logo. Por favor. Só quero que essa sensação continue. Não quero voltar atrás daqui. Eu não quero voltar atrás...

— Acho que você iria ficar uma graça de roxo — provocou ele com a voz rouca, me encostando na parede. — O que me diz?

Minha barriga estava doendo de tanto rir e eu perdera o fôlego.

— Não. Nem ouse fazer isso — falei, de olho no pincel na sua mão.

Josh, claro, continuou avançando.

— Quietinha, Reed! Você tem que deixar o artista fazer seu trabalho!

Ele ergueu o pincel.

— Não, Josh! Para com isso! — Estava rindo quando pressionei a mão no peito dele. — Já não acha que foi estrago suficiente?

Josh ficou pairando a centímetros do meu rosto, me provocando com a tinta. Além do borrão azul que dera início a tudo, havia respingos amarelos e verdes em seu cabelo e uma pincelada de preto na bochecha. Ele me olhou bem nos olhos e sorriu.

Meu coração falhou uma vez. E mais uma. Meus olhos ficaram pregados naqueles lábios salpicados de tinta. A respiração dele foi ficando pesada à medida que se aproximava ainda mais. Eu sentia a pele formigar de calor.

Anda logo. Por favor. Me dá um beijo.

Os olhos dele passearam até os meus lábios. Eu já podia senti-los latejando. E o encarei.

Por favor, Josh. Por favor.

De repente, ele piscou e afastou o corpo. Tudo dentro de mim entrou em colapso tão depressa que quase literalmente caí no chão.

— Você está certa — disse ele. — Já foi estrago suficiente para uma noite.

Meu rosto queimava de humilhação. Era impossível que ele não soubesse o que havia passado pela minha cabeça. Eu praticamente havia chegado a implorar em voz alta. Precisava sair dali. Já. Limpei a garganta e esfreguei as mãos no jeans, o que só serviu para deixá-las mais sujas. Meu casaco e minha bolsa pareciam ter escapado milagrosamente da tinta, mas eu não tinha como pegá-los no estado em que me encontrava.

— Preciso de um banheiro — soltei.

— No corredor, à direita.

Josh não conseguia nem me olhar no rosto.

— Tudo bem, eu me lembro onde é.

Depois de lutar para abrir a maçaneta com as mãos meladas de tinta, enfim me vi livre e disparei pelo corredor como se pudesse de alguma forma deixar para trás o que quase acabara de acontecer. Ao me enfiar no banheiro, eu assustei um aluno do Ketlar que estava parado diante da porta. Apoiei as mãos na pia branca. Meu reflexo era de meter medo — o cabelo todo emaranhado e pegajoso, redemoinhos multicores pelo rosto — mas nada disso importava. Tudo o que eu enxergava no espelho eram os meus olhos.

Os olhos de uma garota que havia acabado de tentar seduzir o colega de quarto do seu namorado morto.

DEIXAR A TRISTEZA DE LADO

Não apareci para o café no dia seguinte. Não poderia encarar o Josh. Em vez disso, me meti debaixo do chuveiro por meia hora, deixando a água quente escaldar minha pele e querendo queimar qualquer sensação que ainda pudesse haver ali. Quando Natasha bateu na porta para perguntar se eu iria ao refeitório, falei que precisava ficar sozinha. E ela saiu sem fazer perguntas. Uma das vantagens de ser a viúva.

O pátio estava tranquilo quando saí do prédio aconchegada no meu suéter de algodão branco preferido — a roupa que escolhia para vestir quase todos os dias ultimamente — e fechei os botões do casaco. Havia planejado uma caminhada lenta e solitária rumo aos serviços matinais, mas quando ergui os olhos dei de cara com Constance saindo pela porta dos fundos do Bradwell. Ela sorriu, surpresa.

— Ora, ora, o que você está fazendo aqui? — perguntou ela enquanto trilhávamos juntas a alameda que passava pelo Edifício Mitchell e pelo refeitório rumo à capela.

— Acordei atrasada — falei. — E você?

— Ah, minha mãe telefonou — disse Constance revirando os olhos. — Meu irmão mais novo, Trey, está com catapora, e agora que a Carla, babá dele, pegou também minha mãe surtou de vez. Ela não para de falar de vacinas, máscaras cirúrgicas e sobre o fim do mundo. Já contei que minha mãe tem um parafuso a menos?

Eu dei um risinho. Constance era sempre uma boa fonte de distração.

— E a sua mãe, como é? — indagou ela inocente.

Tive que me conter para não despejar a onda de raiva que tomava conta dos meus pensamentos sempre que ouvia qualquer menção à minha mãe. Era impressionante a força daquilo. Mas não estava nos meus planos atacar Constance nem dar um fora nela. Eu já havia feito isso em reação a outra de suas perguntas ingênuas no passado, e vinha tentando ser uma pessoa melhor.

— Digamos que ela perdeu vários parafusos há tanto tempo que já nem dá mais falta deles — respondi.

Constance franziu as sobrancelhas por um instante, mas riu em seguida.

— Você é uma figura, Reed.

— Eu me esforço — retruquei sem expressão.

Viramos a esquina e meu estômago pareceu que ia se esvair pelos pés. Josh estava esperando encostado na parede da capela. Ele deu um passo adiante quando nos viu. Estava me esperando, portanto.

— Oi — falou hesitante.

— Oi.

Eu olhei para Constance. Constance olhou para mim. Como se estivesse tentando processar alguma coisa. Será que a culpa estava estampada na minha testa? Ou será que o calor que eu sentia no ar quando estava perto de Josh estava sendo percebido por todo mundo também?

— Você perdeu o café da manhã — disse ele de modo significativo.

— Muito observador — retruquei. Só porque ele fazia questão de ostentar aquele ar sabichão. Como se fosse muito esperto e soubesse exatamente tudo o que se passava comigo.

— Posso conversar com você? — perguntou, com uma das mãos no bolso e a outra segurando os livros contra o quadril. Ele estava com um casacão aberto sobre uma jaqueta de veludo surrada e uma camiseta de banda, e a calça jeans tinha a barra desfiada.

— Claro.

— Vejo você lá dentro — falou Constance. Ela deu uma olhadela para trás antes de desaparecer dentro da capela. Como se não estivesse me reconhecendo.

— O que foi? — perguntei.

Josh inclinou a cabeça indicando o lado oposto da porta onde alunos vindos do refeitório aglomeravam-se ansiosos para voltarem ao calor de um lugar fechado. Fui atrás dele. Meu pulso acelerado fazia a pele latejar. Será que ele iria falar da noite passada? Do nosso beijo abortado? Será que iria me dizer que era errado? Que não queria mais andar comigo? Josh parou e virou-se para me olhar.

— Meu irmão Lynn e a namorada dele, Gia, estão vindo de Yale amanhã para ver como eu estou — disse.

Ui, que chicotada. Tanto as palavras quanto o tom casual com que foram ditas vieram tão inesperadamente que meu cérebro precisou de um segundo para assimilar.

— Legal — respondi de forma brilhante.

— Sabe, é que meus pais estão na Alemanha e ficaram meio preocupados com o que aconteceu, então basicamente decidiram mandar um grupo de batedores sondar o terreno — explicou Josh. — Provavelmente nós três vamos passar o dia em Boston ou coisa parecida, e estava pensando se você gostaria de ir junto.

O convite ficou suspenso no ar. À nossa volta os alunos papeavam, zanzavam, riam. A cada dia que se passava desde o funeral o corpo estudantil se reanimava um pouco mais. Agora já estavam quase de volta ao seu estado normal de ânimo. Apenas umas poucas semanas depois.

— E então, vamos? — insistiu Josh.

— Para Boston? — perguntei.

— É.

— Com você, o seu irmão e a namorada dele.

Para mim aquilo estava se parecendo demais com um encontro romântico para dois casais. Será que a intenção dele era essa mesma?

— Isso — falou Josh, confuso. — Eu expliquei mal?

Sorrindo, olhei para os meus sapatos. Por que ele tinha que ser fofo daquele jeito?

— A gente vai arrumar alguma coisa divertida para fazer — disse ele, cutucando meu braço com os livros. — Acho que pode ser uma boa, sabe? Sair um pouco daqui... fazer algo diferente... não?

A simples ideia me deixou toda animada. Para logo em seguida ser atormentada por uma pontada de culpa por causa do Thomas. O que eu devia fazer? O quê? Devia permanecer fiel à memória do meu namorado assassinado ou será que já estava na hora de tentar seguir com a minha vida adiante?

Eu sabia o que Noelle e Ariana diriam. Que não adiantava chafurdar no luto, e que Josh só estava me oferecendo um dia de diversão despreocupada. Um dia para não ficar triste.

E, tudo bem, se era para ser totalmente sincera, seria também um dia para tentar entender o que diabos estava acontecendo entre nós.

— Tudo bem — cedi afinal, suspirando. — Claro, por que não?

Josh abriu um sorriso e meu coração parou. Na mesma hora.

Sábia decisão, Reed. Sábia decisão.

SUPREMAS

Não havia luzes acesas dentro da capela. O sol de novembro lançava um brilho fraco no recinto e todos os rostos pareciam desbotados e com os contornos indistintos, como uma pintura impressionista na vida real. Deslizando pelo banco, fui me sentar entre Constance e Diana. No instante em que meu traseiro encostou na madeira as portas se fecharam. Mais escuro ainda.

— O que está havendo? — perguntei, com um arrepio de medo irracional correndo pela espinha.

— São as Supremas — sussurrou Diana enquanto a capela toda mergulhava no silêncio.

— Pelo visto nem uma investigação de assassinato impede os caras de sacarem os paletós do armário — foi o comentário sarcástico murmurado às minhas costas.

Tudo bem. Essa frase não tinha feito sentido nenhum.

— O que são Supremas?

— Shhhhhhhhh!

Como no primeiro dia de aula, dois calouros emergiram das sombras para acender os lampiões à entrada da capela. Nós todos fomos banhados pela luz cálida e aconchegante que emanou deles. O diretor Marcus levantou-se do seu assento e subiu ao púlpito. Ele percorreu o recinto com um olhar aprovador.

— Tradição, honra, excelência — entoou.

— Tradição, honra, excelência — ecoamos.

— Alunos, hoje é um dia de celebração — anunciou o diretor, com sua voz forte e encorpada reverberando nas paredes de pedra. — Nós desta ilibada academia não permitiremos que os acontecimentos recentes, por mais terríveis que tenham sido, desviem-nos de nossa meta final. Continuaremos a buscar a excelência em cada aspecto de nossas vidas. E hoje tenho o prazer de anunciar a todos os nomes dos estudantes que alcançaram as honrarias supremas do primeiro semestre do nosso ano letivo.

— Hurra, hurra — bradou um dos professores com o punho erguido, conquistando uma rodada geral de aplausos.

— Como sempre, começarei pela turma do primeiro ano. Quando chamar os seus nomes, por favor, queiram levantar-se para receber o paletó dos nossos fundadores — explicou o diretor.

Pela primeira vez em muitos dias, vi uma sombra de sorriso no rosto dele. O sujeito adorava uma tradição. — Do primeiro ano, os alunos que tiveram as médias gerais mais altas no primeiro semestre foram... April Park e Carson Levere.

Em meio aos aplausos que irromperam à minha volta, eu me inclinei na direção do ouvido de Diana.

— Paletó dos fundadores?

— O garoto e a garota com a média geral mais alta de cada turma ganham o direito de usar os paletós dos fundadores por um dia inteiro — explicou Diana enquanto batia palmas. Na parte da frente da capela, o diretor erguia o blazer azul com a insígnia da Easton bordada no bolso sobre os ombros de April. — É uma honra tremenda. Tem gente aqui que seria capaz de matar para poder usar o paletó.

De modo condizente, o rosto de April brilhava e os seus olhos estavam cheios d'água. Ela tocou a manga do paletó com as pontas dos dedos como se fosse tecida com fios de ouro. Dava para notar que a garota estava louca para ligar para os pais naquele exato instante. Talvez eles fossem lhe dar um pônei como recompensa. Uma inspeção rápida do recinto revelava que quase todos os alunos com todo tipo de desempenho acadêmico observavam a cena sentados na beirada de seus assentos, salivando. Aquilo era coisa séria.

April e Carson afastaram-se para o lado. Na mesma hora, os aplausos cessaram.

— Do segundo ano — continuou o diretor Marcus, correndo os olhos pela folha de papel à sua frente. De repente gostaria de ter aberto a caixa de correio e olhado o meu boletim. Não que tivesse muita chance de fazer parte daquilo, mas eu adoraria poder ter a certeza de que não havia possibilidade de meu nome ser chamado —, Kiki Rosen e Corey Snow.

— Meu Deus! Kiki! — exclamou Diana, cutucando a colega de quarto.

Primeiro achei que Kiki não havia escutado, com a sua música no volume ensurdecedor de sempre. Mas em seguida ela tirou os fones com calma e se levantou, não parecendo nem um pouco afetada pelo chamado. Só depois que o paletó havia sido depositado em segurança sobre seus ombros ela deixou escapar um sorriso. Sinceramente, tenho que dizer que nesse momento senti inveja. E, no momento seguinte, fiquei admirada ao me dar conta de como uma coisa daquelas podia subir depressa à cabeça da gente. E, logo depois, me espantei por estar ocupando de verdade minha mente com alguma coisa que não fosse o Thomas.

Era incrível o poder que a Easton podia ter.

— Vocês desconfiavam que ela fosse inteligente assim? — Constance nos perguntou.

— De jeito nenhum! Vai ver que o que ela ouve o dia inteiro naquele iPod são as gravações das aulas — disse Diana, desconcertada.

— Do terceiro ano — prosseguiu o diretor —, bem, não temos surpresa nenhuma. Taylor Bell e Lance Reagan.

Soltei uns vivas especialmente animados para Taylor, mas, quando passou por nós, ela escondeu o rosto atrás dos cabelos e manteve os olhos pregados no chão. Minha empolgação despencou junto com aqueles ombros caídos. Queria tê-la visto subindo as escadas cheia de alegria e entusiasmo. Estava sentindo falta da Taylor que havia conhecido em setembro.

— E, para encerrar, do último ano... — anunciou o diretor Marcus.

— Noelle Lange e Dash McCafferty — recitou Diana revirando ligeiramente os olhos e sorrindo.

— O quê? — falei.

— Eles *sempre* vencem — explicou Diana. — Todos os semestres, desde o sétimo ano. Sem lugar para mais ninguém.

Eu fiquei chocada.

— Ariana Osgood...

A capela inteira arfou em uníssono, como se houvéssemos chegado no mesmo instante ao topo da subida mais alta de uma montanha-russa gigante. Todos os olhares se voltaram para espiar Noelle — que já estava a meio caminho de se levantar do seu assento — e Ariana, encarapitada ao lado dela como sempre e com um ar atônito. Houve um momento embaraçoso de animação suspensa antes de Noelle se encaixar, sem jeito como eu nunca tinha visto antes, de volta no banco.

— ...e Dash McCafferty! — concluiu o diretor.

Quando Dash se levantou, ele parecia completamente confuso. Ariana sussurrou algo para Noelle antes de passar por ela e unir-se a Dash a caminho do púlpito. Juntos, os dois caminharam retesados para a frente da capela. Quem não estava com os olhos pregados em Ariana estava olhando para Noelle. Ela mantinha o olhar fixo num ponto adiante, mas pude ver sua mandíbula trincada.

— O que foi que aconteceu? — sussurrou alguém.

— Noelle vai surtar de ódio — disse outra pessoa.

Diante de todos, o diretor pousou o paletó sobre os ombros de Ariana. Eu nunca tinha visto um sorriso tão grande.

UM CLIMA

— Como foi? — Constance me perguntou na saída da aula de história.

— Tudo bem, acho.

Abracei os livros contra o peito e dei uns passos de lado para contornar um grupo de garotos da turma. Só queria sair logo dali. Em qualquer lugar onde eu me encontrasse ultimamente estava sempre pensando em cair fora. Só para chegar onde quer que fosse e em seguida já querer ir embora também. Pelo menos não fora obrigada a mentir sobre a arguição oral. Depois do meu encontro com Josh na noite anterior, eu mergulhara num surto de autodepreciação misturada com euforia que me deixara mais ligada do que dez xícaras de espresso. Com o abajur da escrivaninha aceso até alta madrugada, realmente havia conseguido estudar e absorver conteúdo bastante para um desempenho razoável.

Graças a Deus. Porque depois do frenesi da cerimônia das honrarias supremas eu havia corrido para a caixa de correio para abrir meu boletim. Salpicado de Bs. Em todas as matérias. Menos história. Barber, em vista do meu desempenho impecável nas arguições, conquistado graças aos conselhos de Taylor, fora obrigado a me dar um A. E já que eu tinha conquistado essa nota máxima comecei a achar que seria bom conservá-la. Ou quem sabe até arrumar algumas outras para fazer companhia a ela no semestre seguinte. Se pelo menos conseguisse deixar de lado minha obsessão com outros assuntos.

— Mas então... o que está rolando entre você e Josh Hollis? — perguntou Constance.

— Não tenho nada com Josh — menti.

Abri a porta de acesso às escadas com tanta força que por pouco não desconfigurei o rosto de April Park. Ela me lançou um olhar fuzilante. O paletó dos fundadores que ela ostentava pelo visto vinha forrado com uma dose extra de audácia. A garota já se deixara embriagar pela fama instantânea.

— Desculpe — falei.

De repente, sua expressão pareceu registrar quem eu era e ela baixou a cabeça, passando sem dizer uma palavra. *É isso aí. Menina do Billings e viúva Pearson podem mais que honrarias supremas e paletó dos fundadores, caloura. Circulando.*

— Tem certeza? — insistiu Constance. — Porque... senti um certo clima entre vocês dois lá na entrada da capela e... Sei lá, achei estranho.

Uma onda de raiva fervente percorreu meu corpo, dilacerando os nervos.

— Você achou estranho — repeti, fechando o punho com força.

— Só porque, você sabe, ele era colega de quarto do Thomas e tudo mais — ressaltou Constance quando chegamos ao segundo andar.

Como se eu precisasse ser lembrada disso.

— Bem, não tinha clima nenhum, OK? — disparei. — Talvez seja melhor reajustar seu radar.

O queixo de Constance caiu como se eu tivesse acabado de arrancar um pirulito da sua mão e atirado na sarjeta. Eu lhe dei as costas e acelerei o passo. Tudo bem, talvez devesse ter segurado a língua mais uma vez, mas paciência tem limites. Será que eu não podia fazer mais nada nessa escola sem que viessem me questionar? Me julgar? Todo mundo passava o tempo todo dizendo para eu tocar a vida, mas sempre que decidia fazer isso parecia haver milhares de pessoas espreitando e esperando para fazer comentários. Muito injusto. Só queria que me deixassem em paz. Será que eles não tinham nada melhor para ocupar seu tempo?

Passei por uma dupla cochichante de meninas do terceiro ano e mantive o olhar pétreo adiante, meus punhos cada vez mais cerrados. Não suportaria ficar na berlinda por muito mais tempo. Alguma coisa precisava ser feita a respeito, antes que eu surtasse de vez.

EU E A MINHA RAIVA

— Brennan, o que diabos você está fazendo? Passa a bola! *Brennan*!

Ignorei a técnica Lisick e disparei pelo campo desviando das zagueiras e driblando uma companheira de time de tal maneira que a coitada foi dar com a cara no chão. Não era problema meu. *Se não aguenta o tranco, é melhor nem tentar.* A bola era minha.

O esforço havia deixado meu corpo quente, mas o suor na minha nuca e por baixo do cabelo estava gelado. E o vento forte fazia meu couro cabeludo enrijecer, me fazendo correr ainda mais. A cada passo, eu me sentia mais no controle. Ali no campo, ninguém podia ficar me encarando, cochichando ou apontando. Ali no campo não havia ninguém além de mim. Eu e a minha raiva. E só uma de nós voltaria viva para casa.

Pelo canto do olho vi Maddy Sullivan se aproximar, o colete de tricô vermelho que ela usava sobre a camiseta do time numa mancha indistinta. Com seu 1,82m e os 79 quilos de puro músculo, Maddy bem que poderia se dar bem no futebol americano — ou então como profissional de luta livre, com a fama de jogar sujo que tinha. E eu soube na hora que a garota estava atrás de sangue. Do meu sangue.

— Pode vir, vadia — desafiei entre dentes. Precisava descarregar o que sentia em alguém. Ela era uma candidata tão boa quanto qualquer outra.

Maddy chocou o corpo contra o meu com toda a força, mas eu estava preparada. Foi como se ela tivesse investido contra um muro. Bamboleou para trás, surpresa, e depois avançou novamente, dessa vez fazendo algo que nunca havia feito antes. Ela mirou na bola e não no corpo. E a levou. Bem facilmente, aliás, porque eu estava preparada para um encontrão e em vez disso fui atacada com uma bela tomada de bola.

— Merda — soltei, enquanto dava meia-volta para correr e recuperá-la na direção oposta. Aquela bola era minha. Minha. E ninguém iria tomá-la daquele jeito.

Maddy deu um passe para Bernardette Baskin, que deu um drible em Noelle chutando para Karyn Morris mais à frente.

— Será que preciso fazer tudo neste time? — berrei com toda a força. — Elas estão acabando conosco!

E disparei pelo campo. Aquela era minha bola. Minha. E eu iria recuperá-la. A qualquer preço.

Karyn cometeu o erro de parar para avaliar a defesa adversária. Avancei por trás dela a toda velocidade, acelerando mais à medida que me aproximava. Quando recuou o pé para fazer o passe eu a atingi em cheio, empurrando com as duas mãos. Karyn deixou escapar uma exclamação de surpresa antes de dar com a cara na lama.

— Eu fico com isso — falei, chutando a bola para longe.

O apito soou. Berrou, na verdade.

— Que merda foi essa? — gritou Maddy, avançando para cima de mim com toda a sua incomum abundância de testosterona.

— Merda nenhuma, foi uma jogada limpa! — gritei de volta.

— Jogou limpo uma ova! — explodiu ela.

Atrás de mim, alguém estava ajudando Karyn a levantar. Ela tossia de um jeito dramático, ofegando em busca de ar.

— Fresca — xinguei baixinho.

— Qual é o seu problema? — gritou Maddy, dando um encontrão no meu peito. A técnica Lisick corria em nossa direção.

— Vai ver que o meu problema é você! — respondi cheia de ódio, bem perto da cara dela.

— Parem com isso as duas — exigiu Noelle.

Ela dera um jeito de se interpor entre Maddy e eu e estava com as mãos erguidas. Lancei um olhar triunfante quando a vi. Todas naquele campo sabiam ao lado de quem Noelle iria ficar. Cheguei até a flagrar algumas garotas revirando os olhos.

Noelle respirou fundo e olhou para mim.

— Reed, para o chuveiro. Chega de jogo por hoje.

Senti meu rosto ficar quente. Maddy deixou escapar um risinho. Acho até que grunhiu de satisfação.

— O quê? Noelle!

— Ela tem razão, Brennan — disse a técnica Lisick. — Vá esfriar a cabeça.

— Treinadora, eu estou bem — argumentei.

— Não está, não — replicou ela, seca. — Foi a sua terceira entrada dura do dia. Se estivéssemos num jogo, você já teria levado cartão vermelho vinte minutos atrás. Agora trate de ir para o chuveiro antes que machuque alguém de verdade. Preciso de um time completo para pôr em campo este fim de semana, sabia?

Alguém deu risada. Todas as outras garotas me olhavam com ar reprovador ou evitavam me olhar diretamente. Como se eu devesse me sentir envergonhada ou arrependida.

Elas não sabiam de nada. Na verdade eu estava me sentindo traída. Lancei o olhar mais furioso que consegui para Noelle quando passei por ela rumo às arquibancadas. Onde ela estava com a cabeça para ficar do lado de Maddy e Karyn daquele jeito? Eu achava que as Meninas do Billings deviam sempre poder contar com o apoio umas das outras. Em qualquer situação.

— Reed!

Ela corria para me alcançar. Continuei andando.

— Reed!

Os seus dedos se fecharam ao redor do meu braço. Eu me esquivei de um jeito tão brusco que senti as suas unhas me arranharem por cima da camisa de manga comprida que estava vestindo.

— Qual é o seu problema?

Eu me virei na direção dela.

— Lamento muito se você não foi agraciada com as honrarias supremas como sempre, Noelle, mas não precisa descontar a sua frustração em mim.

A expressão dela foi de quem havia acabado de levar um tapa. Por um instante. No momento seguinte seus olhos estavam fervilhando com um ódio evidente.

— Não fale de coisas que você não compreende, Pequena Voyeur — disse ela, usando pela primeira vez em semanas o meu antigo apelido. — Só vou deixar passar desta vez porque claramente você não está no seu juízo perfeito.

Revirei os olhos.

— Que seja. Valeu pelo apoio agora há pouco.

Ela me encarou.

— Estamos quase no dia da final. E a técnica tinha razão, você ia acabar machucando alguém daquele jeito.

— Como se você se importasse — zombei, continuando a andar.

Eu não estava falando coisa com coisa. Sabia disso. Mas a fúria que sentia era maior do que tudo. E se Noelle não iria me dar nada para acertar ou chutar, eu não iria mais levar aquela conversa adiante. Mas ela não desistiria tão facilmente. Saiu correndo na minha frente, me obrigando a parar. Seus olhos escuros procuraram os meus.

— Reed, se isso é por causa do Thomas...

Na mesma hora, todo o calor do meu corpo correu para o rosto.

— Não quero mais falar sobre o Thomas! — berrei.

Ela nem piscou.

— Reed, você tem que se acalmar. Você precisa...

— Só preciso que você e todos os outros parem de ficar me dizendo do que eu preciso! — explodi.

E dessa vez, quando passei pelo lado dela e saí pisando duro, Noelle nem tentou me deter.

RAPTADA

Acordei com alguém me sacudindo. A primejra coisa que me passou pela cabeça foi *terremoto*. Não que houvesse muitos deles no interior de Connecticut. Em seguida ouvi os sussurros. Vi as sombras esgueirando-se pelas paredes brancas. Não era terremoto. Eram só as Meninas do Billings.

— Mas o que é isso?

— Ela acordou. Peguem a venda — ordenou Noelle.

Meu coração, que já estava na boca, começou a bater mais forte.

— O que...

Alguém tapou meus olhos com um lenço de seda, bloqueando a luz do amanhecer. A venda ficou presa em alguns fios de cabelo e fez meu couro cabeludo repuxar.

— Ai!

— Desculpe. Ficou apertada demais? — era a voz de Ariana. Doce feito mel. Ela nem fez menção de afrouxar a venda.

— O que vocês estão fazendo? — perguntei, a mão voando para o nó na parte de trás da cabeça. Alguém segurou meu pulso e o puxou de volta para baixo.

— Raptando você — respondeu Kiran. — Vamos lá.

Raptando? Estavam me *raptando*? Achei que a fase dos trotes tivesse acabado. Por que essas garotas não podiam simplesmente me deixar em paz? As cobertas foram arrancadas e alguém me puxou com força pelos tornozelos, fazendo meus pés baterem no chão com um estrondo. Tentei pegar a venda outra vez. O tapa que levei na mão foi tão forte que ela ficou ardendo.

— Não me faça ter que usar as algemas — ameaçou Kiran.

Gavetas foram abertas e empurradas de volta. Eu ouvia os sussurros, mas não conseguia entender nada que estava sendo dito.

— O que vocês estão fazendo? — perguntei, sentindo a garganta fechar.

— Peguem o moletom azul — orientou Natasha. — As meias dela estão ali dentro.

Ninguém me respondia. Por que ninguém respondia o que eu estava perguntando? Com a venda deixando meus olhos na mais absoluta escuridão, não sabia nem ao certo quantas delas estavam no quarto. As palmas das minhas mãos pinicavam, quentes, e eu estava começando a ficar com dificuldade para respirar.

Calma, Reed. Controle-se. Não deixe elas perceberem o seu nervosismo.

— A brincadeira está muito divertida, meninas, mas acho que agora vou voltar a dormir — falei, a mão novamente tentando alcançar a venda.

Mais um tapa. Senti a adrenalina começar a correr nas veias.

— Pare de me bater! — explodi.

— Pare de me *obrigar* a bater — Kiran devolveu.

— Kiran...

De repente meu cabelo foi afastado para trás do rosto com força e senti um hálito quente no ouvido. Congelei.

— Quietinha, Reed — disse Noelle, seca, os lábios praticamente colados à minha orelha. Meu coração quase parou. A garota estava falando sério. — Isto é para o seu próprio bem.

Alguém enfiou um par de meias e sapatos nos meus pés. Tentei conseguir um pouco de ar.

— Agora levante-se.

Dois pares de mãos içaram meu corpo da cama e o fizeram girar. Alguém me empurrou por trás e avancei aos tropeços. Estava sem controle nenhum, apavorada. Como se a qualquer segundo pudesse despencar de uma escada ou bater de cara em alguma coisa. Como se o mundo pudesse virar de cabeça para baixo de repente. As meninas haviam se calado, mas eu sentia o cerco mais próximo a mim. E de algum jeito isso fez meu coração bater com mais força ainda.

Enquanto saíamos do quarto, comecei a torcer a cabeça de um lado para o outro na tentativa de deslocar a venda. De fazê-la me dar um pouco de visão, qualquer fresta que fosse, para que chegando do lado de fora eu pudesse ter alguma ideia do que iria acontecer. Para onde eu estava sendo levada? Será que minha explosão com Noelle no dia anterior havia violado alguma regra importante das Meninas do Billings? Um regulamento interno? Mesmo quando eu ainda não havia sido aceita no grupo e Noelle e as outras me perturbavam todos os dias, elas nunca haviam feito nada parecido com isso. Uma centena de histórias sangrentas de trotes com desfechos infelizes, saídas de uma centena de manchetes dos noticiários, pipocou na minha cabeça. Minhas têmporas começaram a latejar.

Elas não teriam coragem de me machucar *de verdade*, teriam?

Por uma fração de segundo pensei ver um clarão pelo canto do olho. Mas em seguida alguém lançou um casaco nos meus ombros, ergueu seu capuz e tudo ficou escuro.

Desse momento em diante, eu ficaria à mercê das Meninas do Billings.

AMADA

O ar frio no rosto me deu esperança. Pelos meus cálculos, estávamos atravessando bem pelo meio do pátio aberto. Alguém teria que nos ver ali. Dar um fim àquela coisa. Que horas seriam? Por que o detetive Hauer não estava ali em um de seus passeios matinais quando eu precisava dele?

Não que eu quisesse que minhas amigas fossem mesmo presas. Pelo menos *uma parte de mim* não queria isso. A outra parte só pensava em escapar da sina de ter os cabelos raspados ou ser largada no meio de algum bosque ermo para ter que achar o caminho de volta para casa só de pijama.

— É por aqui. Dê a volta — sussurrou Noelle.

Fui empurrada para a direita e cambaleei ligeiramente, esbarrando na lateral do corpo de alguém. Alguém menor do que eu, com uma textura macia. Taylor? Natasha? Se as duas continuavam por ali era sinal de que havia chances disso acabar bem. Natasha era uma pessoa medianamente decente e Taylor estava sempre nervosa demais para se meter com algo terrível *de verdade*.

Ou assim eu esperava.

De repente fui atingida por um golpe mais forte de vento e o capuz voou para trás. Uma luz banhou a venda, e meu coração deu um salto. Mas ainda não conseguia distinguir coisa alguma. Os delicados redemoinhos verdes e azuis da estampa do lenço ficaram mais brilhantes, e foi só isso. O motor de um carro roncou por perto e eu pude sentir o cheiro cáustico que emana dos motores quando são aquecidos.

Meu estômago se contorceu num nó dolorido. Elas estavam me levando para fora do campus.

— Meninas, por favor — disse eu numa voz um tanto desesperada. — O que vocês...

— Entre aí — interrompeu Noelle.

Um empurrão na base das costas me impulsionou para a frente. Erguendo as mãos, eu senti a lateral do carro. Os vidros estavam cobertos de geada. Meus dedos estremeceram.

— Cuidado com a cabeça dela — alertou Noelle.

Uma mão forte empurrou minha cabeça para baixo e me arrastei para dentro. O cheiro de baunilha do aromatizador de ambientes me sufocou. Caí no banco e imediatamente ergui a mão para a venda. Alguém sentou-se ao meu lado e foi mais rápido. Com mais alguns puxões de cabelo, o lenço saiu. Lágrimas ardiam nos meus olhos.

— Surpresa!

Houve um estouro, um rangido e alguma coisa respingando no meu pé. Pisquei várias vezes tentando focalizar o olhar. Quando consegui, vi Taylor, Natasha e Kiran sentadas no banco oposto ao meu de uma limusine cinza, todas arrumadas, com os rostos radiantes e sorridentes

Natasha distribuía as taças de champanhe enquanto Kiran segurava uma garrafa transbordante bem longe dos seus saltos de seiscentos dólares.

— Mas o que é isso?

— Reed Brennan, hoje é o seu dia — anunciou Ariana, tomando minha mão na sua.

Os dedos dela estavam gelados, mas de alguma maneira o contato foi reconfortante. Talvez porque estivessem entrelaçados bondosamente nos meus em vez de empurrando esterco de vaca para dentro da minha boca ou algo parecido. Sentada do meu outro lado, Noelle estendeu a mão e pegou três taças com Taylor. Depois de me passar uma, ela agarrou a garrafa de champanhe que ainda borbulhava.

— Christov, vamos! — gritou ela. — Esta banheira de metal não vai se dirigir sozinha!

— Sim, senhora — assentiu o motorista bonitão.

Ele pressionou um botão acima de sua cabeça que fez subir uma divisória de vidro fosco atrás de si. Natasha levantou para mexer nos controles do aparelho de som que ficavam no teto, e dois segundos mais tarde o carro encheu-se de uma música de festa. Esse era definitivamente um tipo novíssimo de rapto.

— Prontinho, Reed. Beba tudo — Noelle me passou uma taça cheia.

— Alguém vai me explicar o que está acontecendo aqui?

— Nós estamos levando você para um dia de spa! — gritou Taylor, bebendo todo seu champanhe de uma só vez.

— Kiran conhece um lugar especial em Boston — explicou Ariana enquanto ajeitava a saia ajustada ao corpo. — Eles só atendem modelos e estrelas de cinema.

— E alguns políticos — acrescentou Kiran, bebericando seu champanhe. — Desde que estejam namorando modelos ou estrelas de cinema.

— Conseguimos mexer os pauzinhos com Suzel para arranjar passes de um dia para todas — disse Noelle com um sorriso. — Viva Suzel! — comemorou.

— Viva Suzel! — vibraram as garotas, brindando e bebendo goles das suas taças.

— Quem é Suzel? — perguntei.

— Suzel, Susan Llewelyn. Membro do conselho. Ex-Menina do Billings. Uma linda — cantarolou Kiran.

— Viva Suzel! — todas comemoraram outra vez. Mais um brinde. Mais goles.

— Suzel achou que você merecia um dia de distração — disse Ariana. — E por isso estamos aqui.

Achei interessante o fato de que Suzel tivesse uma opinião a respeito do que eu merecia ou não, considerando que nós nem nos conhecíamos.

— O seu dia — completou Taylor com um sorriso.

— Para você parar de pensar em certas coisas — disse Natasha, me olhando direto nos olhos.

— Exatamente! Vamos ajudar você, Reed — acrescentou Noelle. — Massagem, tratamento facial, manicure, pedicure. O que for preciso para relaxar. Tudo para você.

Fiquei olhando para ela metida nos seus jeans perfeitos, com um suéter aconchegante de gola alta e os cabelos espessos lavados, brilhantes e exalando um perfume luxuriante de limpeza. Enquanto isso, eu estava com cheiro de quem precisava de um banho e sabia que tinha uma aparência ridícula com os pés despontando da calça do pijama metidos num par de tênis. O cabelo então, nem fazia ideia de como devia estar — provavelmente oleoso, cheio de nós e espetado.

— Sério? Então foi para isso toda história do rapto? — perguntei.

— Ah, o rapto? Ele foi o seu troco — explicou Noelle, bebericando o champanhe.

— Dar o troco é o passatempo favorito dela! — completou Kiran erguendo a taça para a amiga. E todas as outras fizeram o mesmo, como se isso, também, fosse motivo de comemoração. Todas exceto Natasha, que tinha seus motivos para *não* brindar aos joguinhos psicológicos de Noelle.

— Você não estava achando que se safaria do showzinho de ontem sem nenhuma consequência, estava?

Noelle sorriu de um jeito provocador, e de algum jeito me vi sorrindo de volta. Amada ou odiada, essa era Noelle. E considerando que eu estava sendo levada a bordo de uma limusine para um dia inteiro num spa de luxo, decidi ficar com o "amada".

Até segunda ordem, pelo menos.

MIMOS

— London *não vai* fazer plástica — berrou Kiran, levantando-se da sua poltrona acolchoada depois que a esteticista terminou o tratamento facial. Ela caminhou até um balcão de madeira ripada onde havia doze taças de Mimosa recém-preparadas, e agarrou uma. — A garota dá a vida por aqueles seios tamanho GG.

— Só estou repetindo o que ouvi — respondeu Taylor, dando de ombros.

— Pode parecer absurdo, mas simplesmente não consigo acreditar em metade das coisas que ouço falar na Easton — comentou Natasha ironicamente. Numa alusão direta a todas as outras garotas presentes, eu tinha certeza.

— Achei que haviam dito para você ficar repousando — disse Noelle.

Natasha abriu um alegre sorriso. Ela continuava deitada na sua poltrona, com uma almofadinha azul fria sobre os olhos, respirando pausadamente como fora instruída a fazer.

Até poucos minutos antes, ela, Kiran e eu havíamos ficado sozinhas na saleta com perfume de flor de laranjeira, entregues aos cuidados das atarefadas funcionárias do spa, mas assim que terminaram os seus tratamentos Noelle, Ariana e Taylor haviam ido juntar-se a nós.

— De qualquer forma, Taylor, você deixou de mencionar um detalhe importante — acrescentou Noelle pondo de lado seu exemplar da *W.*

A esteticista terminara de trabalhar no seu rosto havia poucos minutos, e agora ela estava sentada num sofá de couro no canto, o rosto coberto com uma máscara facial roxa. O cabelo estava protegido por uma toalha branca e os brincos de diamantes cintilavam nas suas orelhas. Quando cruzou as pernas, o roupão branco de piquê, exclusivo do spa e idêntico aos que todas estávamos usando, se abriu deixando a coxa inteira à mostra.

— Foi London que *plantou* o boato de que ela mesma iria fazer a cirurgia redutora só para Vienna agendar uma para si nas férias de Natal — explicou Noelle.

— Vocês sabem como as Cidades Gêmeas vivem em eterna disputa — completou Ariana. Ela estava de pé apoiada numa das paredes, os braços e os tornozelos cruzados. O cabelo louro praticamente cintilava na luz rosada suave.

— A ideia é que Vienna volte das férias totalmente desguarnecida — prosseguiu Noelle —, enquanto London...

— Ficará sendo a única Pamela Anderson do campus — concluiu Kiran devagar, estreitando os olhos. — Ora, uma manobra muito inteligente.

— Foi exatamente isso que me levou a não acreditar numa palavra da história — interveio Natasha, ainda com a almofadinha no rosto. — Afinal estamos falando de London, a garota que me perguntou se tomar leite sabor morango deixaria os ossos dela cor-de-rosa.

— Ela não fez isso! — Ariana estava de boca aberta.

— Juro por Deus — disse Natasha erguendo a mão. — E o melhor de tudo, claro, é que tive a nítida impressão de que ela *queria* ficar com os ossos cor-de-rosa.

Todo mundo caiu na risada, inclusive eu e a moça que estava cuidando do meu rosto, chamada Teresa. Ela balançou a cabeça enquanto dava os últimos retoques na área das têmporas.

— Essas suas amigas são umas peças raras — comentou, com um ligeiro sotaque italiano.

— Eu que o diga — repliquei com um sorriso.

— Prontinho, terminamos — anunciou a moça. — Agora é só relaxar por vinte minutos antes de voltarmos para a esfoliação final e para o tônico.

— Obrigada — falei, endireitando o corpo na poltrona.

Ela me entregou um copo com água e pepino e saiu de cena. Um sorriso havia se aberto no meu rosto sem que eu pensasse a respeito. Meu corpo inteiro estava relaxado, como se nada mais no mundo tivesse importância. Todas as pessoas deveriam ter direito a um dia de massagem e tratamento facial por mês. Como uma parte estabelecida da vida normal, igual aos checkups médicos e cortes de cabelo. Eu conseguia imaginar como minha mãe teria sido uma pessoa mais tranquila caso tivesse tido a chance de receber esse tipo de mimo de vez em quando. Quem sabe minha infância teria sido menos parecida com um psicodrama permanente. Ou minha mãe não teria sentido tanta necessidade de se entupir de remédios e descontar toda a raiva residual em mim.

— Você parece feliz — comentou Ariana entre um gole e outro de Mimosa.

— Acho que estou feliz mesmo — falei.

Noelle e Ariana trocaram um olhar de aprovação, triunfantes. Nesse momento, um dos celulares enfileirados num banco colado à parede apitou. Reconheci o meu toque e pulei na direção dele. Meu coração palpitou quando li o nome de Josh no visor.

— Quem é? — perguntou Ariana.

— Josh.

Eu estava prestes a abrir o telefone quando Noelle o agarrou da minha mão.

— Nada de homens. — Desligando o aparelho, ela jogou-o no bolso do seu roupão.

— Mas eu...

— Ei! Este é o *nosso* dia — disse Noelle de dedo em riste. — Nada de homens.

Olhei de relance para o bolso dela. O que eu iria fazer, partir fisicamente para cima de Noelle? Melhor não. Ninguém gostaria de ver as consequências de algo *assim*. Em vez disso, me rendi. Não iria discutir agora. Não enquanto estivesse me sentindo tão bem.

— Josh, hein? — comentou Kiran. — Vocês dois andam se falando bastante ultimamente.

Todas estavam voltadas para mim agora, os rostos verdes, roxos e brancos. E em silêncio total. Pela primeira vez desde que Noelle e as outras duas haviam se juntado a nós na saleta a melodia suave de flautas de bambu que saía dos alto-falantes escondidos pôde se fazer ouvir. Senti o amargo já conhecido da culpa-por-causa-de-Thomas subir pelos ombros e ir se alojar no meu peito, mas estava determinada a não deixá-la ficar lá.

— Achei que a regra fosse "nada de homens" — falei enquanto me levantava para pegar um drinque. — Então sugiro que a gente mude de assunto.

— Ela tem razão — ponderou Ariana suavemente. — Do que estávamos falando mesmo?

— Do *que* era? — Kiran largou a taça vazia e estendeu a mão para pegar outra. — Ah, sim! Cirurgia plástica. Vocês teriam coragem de fazer?

— Se eu teria? Para conservar isto aqui? — Noelle apontou para o seu rosto roxo. — É claro que sim. Aliás... — Ela correu os olhos pelo grupo com ar conspiratório enquanto reclinava o corpo em uma das poltronas de tratamento. — Eu até já fiz uma.

— Você fez? — Engasguei com a revelação.

— Não! Como é que nunca fiquei sabendo disso? — reclamou Kiran.

— Ora, meninas. Um nariz como este não pode ser obra da natureza — disse Noelle.

Olhei para o nariz dela. Era *mesmo* impecavelmente perfeito. Mas não conseguia acreditar que Noelle já não tivesse nascido como aquela criatura irretocável que era. Parecia quase errado, de alguma maneira, que ela pudesse ser minimamente menos abençoada do que eu sempre imaginara que fosse.

— Eu arrumei o queixo — revelou Kiran. — Quando tinha 12 anos.

— Seus pais deixaram você fazer isso? — Natasha estava chocada de verdade.

— Minha mãe fez questão — Kiran deu de ombros. — Ela dizia que eu nunca iria conquistar uma carreira bem-sucedida com aquele perfil de bruxa má e, sendo assim... Faca nele!

Ela fez um movimento de corte com a mão sob o queixo. Eu me encolhi instintivamente. Aquela conversa estava sendo bastante esclarecedora.

— Nossa, mas que coisa mais cruel de se dizer — comentou Taylor. — Até mesmo em se tratando da sua mãe.

— Clarissa Hayes sempre foi cruel, desde que a conheço — interveio Noelle, direta.

Kiran tinha os olhos fixos em algum ponto do piso.

— É... Mas bem, minha foto não estaria num outdoor em Nova York se ela fosse uma pessoa diferente.

E fez uma taça inteira de Mimosa desaparecer num único gole.

— Alguém mais no Billings se operou? — indagou Natasha. Fiquei com a impressão de que ela estava mudando de assunto mais por causa de Kiran do que por uma sede verdadeira de desencavar os podres alheios. Tirando a história do leite de morango, eu nunca tinha ouvido uma fofoca sair da boca da garota.

— Soube que a Cheyenne toma hormônios de crescimento desde os 10 anos porque o prognóstico dos médicos era que não passaria de 1,50m — entregou Taylor.

— Ah, mas isso é óbvio — desprezou Noelle. — Basta ver os braços. Vocês nunca repararam quando ela está sentada na aula? Eles praticamente se arrastam no chão.

E logo todas estavam rindo, fofocando e afogando em bebida qualquer clima desconfortável provocado pelo telefonema de Josh ou a crueldade da mãe de Kiran. Como eu não tinha nenhum aparte suculento a oferecer, simplesmente me recostei na poltrona, fechei os olhos e fiquei escutando a conversa

EM RESGATE DE TAYLOR

Patinando ao lado de Natasha pelo corredor, metidas em nossos chinelos fornecidos pelo spa depois da manicure e da pedicure, me sentia completamente relaxada. O rosto estava tinindo, as unhas apresentavam uma camada grossa de esmalte e os pés estavam mais macios do que travesseiros. Será que era assim que Kiran e as outras se sentiam o tempo inteiro, flanando pelos dias da sua rotina normal? Porque, se fosse, eu quase conseguia entender o motivo de elas se acharem tão acima dos outros mortais. Eu estava me sentindo inegavelmente deslumbrante.

Senti vontade de que Thomas me visse daquele jeito. E, no momento em que desejei isso, a dor tomou meu coração. Mas era um tipo de dor mais suave do que a raiva inflamada e a sensação confusa que haviam me dominado por tanto tempo. Uma tristeza melancólica, uma nostalgia. Uma dor que não me fazia transbordar.

— E então, a ideia foi boa mesmo? — sussurrou Natasha. Alguma coisa na atmosfera de silenciosa opulência daquele lugar fazia as pessoas terem vontade de falar bem baixo. — Eu tinha ficado um pouco na dúvida.

— Foi excelente — respondi. — Estou quase me sentindo eu mesma outra vez. Seja lá o que isso signifique.

— Acho que no fundo ninguém sabe o que isso significa de verdade — disse Natasha, juntando as sobrancelhas recém-depiladas.

— Não sei se essa constatação faz eu me sentir *melhor* ou só cada vez mais triste — comentei. Nós duas forçamos sorrisos. Não era o momento de enveredar por um papo tão profundo.

Puxando a porta de madeira ripada que dava acesso ao vestiário, estaquei. Reconheci imediatamente o choro de Taylor pelo tom das fungadas e soluços. Natasha e eu nos entreolhamos, e nenhuma das duas mexeu um músculo. Um pacto silencioso. De repente, me senti muito próxima dela. Estávamos sendo cúmplices. Eu e Natasha. Considerando o quanto já haviam conspirado à minha volta e contra mim desde que eu chegara à Easton, a sensação de estar do outro lado até que era boa.

— Vai ficar tudo bem — dizia Kiran em tom tranquilizador. Eu nunca a havia ouvido falar numa voz tão branda. — Por favor, Taylor. Tente se acalmar agora.

— É que eu... eu... eu... não cons... — disse a outra, arfando para respirar.

— Eu é que não consigo mais aturar isso — disparou Noelle. — Taylor, estou avisando, se você não se acalmar nos próximos cinco segundos não me responsabilizo pelo ataque que vou dar aqui.

Taylor ganiu feito um cão faminto que tivesse acabado de ser escorraçado pelo dono. Meu olhar cruzou o de Natasha. Muito bem, aquilo estava passando dos limites. Eu era "parte do grupo" agora, não era? Elas não haviam repetido isso para mim uma dezena de vezes? Que não haveria mais segredos nem nada. Então tinha o direito de saber o que estava acontecendo ali.

E, além do mais, salvar Taylor das possíveis consequências de um ataque sem precedentes de Noelle parecia uma ideia sensata.

— E aí, meninas? — Caminhei para dentro da salinha como se tivesse acabado de chegar. Natasha, minha parceira na farsa, entrou logo atrás. Passei os olhos de Noelle para Taylor, Ariana e Kiran, que formavam um quadrado bem no centro do cômodo. — Está tudo bem?

Dando as costas para mim, Taylor correu para o banheiro.

— De onde você surgiu? — interpelou Kiran.

— Estávamos voltando e escutei o choro da Taylor. O que houve?

— Ela ficou mal porque não aceitaram a sua inscrição naquele curso de verão em Harvard — disse Noelle enquanto virava para a porta do seu armário. — Acabou de ligar para casa e ter a notícia.

— O curso seria a garantia de uma vaga como caloura por lá daqui a dois anos — explicou Ariana. — E isso é o que a pobrezinha mais quer da vida — acrescentou lançando um olhar cheio de pena na direção do banheiro.

— E era o que faltava para coroar toda a lista dos acontecimentos dos últimos dias... — completou Kiran.

Na mesma hora senti remorso por ter encarado com tanta antipatia as explosões de lágrimas e mudanças bruscas de humor da Taylor. Pelo visto havia esquecido que cada uma de nós tinha seus próprios problemas. Todas as pastas e cadernos de Taylor traziam o logotipo de Harvard estampado. Eu estava cansada de saber que uma vaga lá era o que ela mais queria da vida e que era isso o que todo mundo na Easton, e também na sua família, mais esperava dela. A pressão nos seus ombros era imensa. Talvez a morte de Thomas tivesse sido apenas a gota d'água para as suas emoções já em frangalhos.

— Que droga — solidarizou-se Natasha. Ela atravessou o vestiário e abriu o seu armário. — Mas deve haver alguma pessoa com quem ela possa falar para dar um jeito nessa história. Não é como se nós não tivéssemos contato em Harvard.

Era verdade. Ser uma Menina do Billings não trazia esse tipo de privilégio embutido? Portas abertas em qualquer caminho que desejássemos trilhar?

— Bem lembrado, Natasha — disse Ariana de um jeito estranhamente distante. — Vamos ver o que podemos fazer assim que voltarmos.

Natasha e eu trocamos um olhar. Havia algo esquisito na maneira como elas estavam falando. Antisséptica demais. Mecânica demais.

— E de qualquer forma ela ainda pode fazer esse curso de verão no ano que vem, certo? — sugeri. — Não era a única oportunidade.

— Claro que sim — disse Noelle calmamente, dando as costas para mim para arrumar suas coisas. — Você devia lembrar isso a ela quando estivermos no carro.

— Está bem. Acho que vou fazer isso mesmo.

Quando cheguei perto de Natasha para abrir meu armário, ela arregalou os olhos para mim e encolheu os ombros. *Pode parecer absurdo, mas simplesmente não consigo acreditar em metade das coisas que ouço falar na Easton.* Sábias palavras.

TIRAS CAIPIRAS

De algum jeito, nós conseguimos estar de volta ao campus no início da tarde. A minha sensação era de ter passado dias fora. Anos. A julgar pelo quanto me sentia diferente da pessoa furiosa, tensa e assustada (eu estava com os olhos *vendados*, afinal) que saíra dali de manhã cedo.

Agora estava energizada. A pele fresca praticamente faiscava e o toque macio dos cabelos no meu rosto era luxuriante. Como eu não havia podido tomar banho antes de sairmos, Noelle agendou uma lavagem com hidratação profunda e escova para finalizar meu dia de spa — uma escova ridiculamente cara, diga-se de passagem, mas que valera cada centavo. Especialmente considerando que não fui eu que paguei.

Não me cansava de puxar algumas mechas castanhas onduladas na frente do rosto só para admirar o brilho delas. Inacreditável. Nem parecia o meu próprio cabelo.

— Olhem só para ela. Até parece que nunca lavou o cabelo num salão antes — comentou Noelle enquanto contornávamos o prédio do Bradwell.

— O que você vai fazer agora? Jogar os braços para o alto e sair rodopiando? — gracejou Kiran.

Eu parei, constrangida.

— Na verdade estava querendo dizer "muito obrigada", mas vocês não facilitam as coisas...

— Desculpe. — Noelle freou nos saltos e as outras enfileiraram-se ao lado dela. — Pode prosseguir.

— Com o quê? — perguntei.

— Com o agradecimento.

Todas me lançaram olhares de expectativa. Até Taylor, com seus olhos vermelhos injetados.

— Tudo bem — concordei, revirando ligeiramente os olhos para que elas não achassem que eu estava inteiramente nas suas mãos. — Muito obrigada, meninas. De verdade. Estou me sentindo quase normal agora. Como se... Sei lá, como se a vida já pudesse seguir adiante outra vez. E eu que...

De repente me dei conta de que o olhar de Noelle havia se desviado para mirar algum ponto atrás do meu ombro. Pouco a pouco, todas as outras começaram a olhar na mesma direção, e as expressões nos seus rostos mudaram tão abruptamente que foi como se a alameda de pedra bambeasse sob meus pés.

O que pode ser agora?

Quando me virei, dei de cara com Dash e Gage marchando em nossa direção a passos duros. As narinas de Dash estavam quase tão dilatadas quanto as de Missy Thurber, a garota que poderia ser dublê de focinho de um cavalo de corrida. Ele trazia na mão um jornal enrolado.

— O que aconteceu? — perguntou Noelle aos garotos, que chegaram com ar arrogante e fôlego curto.

— Eles liberaram o safado. Deixaram aquele canalha de uma figa ir embora em liberdade.

— Não fizeram isso! — espantou-se Ariana.

Dash empurrou o jornal na direção de Noelle e Ariana, tremendo. Devagar, Noelle o pegou com ambas as mãos. Era uma publicação local que eu já vira circulando pelo campus. A manchete dizia SUSPEITO DE ASSASSINATO LIBERADO. E, logo abaixo, a página exibia a foto de uma pessoa que supus ser Rick DeLea saindo da delegacia local.

— Ele arrumou um álibi — explicou Gage. — Alguma namoradinha viciada, sem dúvida. Devíamos ter desconfiado. Esses tiras caipiras sempre vão preferir defender a própria gente a jogar do lado de qualquer um de nós. Mesmo que isso signifique favorecer um maldito traficante de drogas.

Thomas também era um maldito traficante de drogas.

Não sei por quê, mas esse foi o primeiro pensamento que me ocorreu na hora. E, mesmo sendo verdade, me senti culpada por causa dele.

— Não estou acreditando nisso — disse Noelle. — Achei que nós já estávamos com tudo sob controle.

— Nós? — falou Dash.

— Nós. Eles. Você quer mesmo entrar numa discussão sobre pronomes comigo a esta altura? — disparou Noelle.

A pele dela brilhava com uma camada de suor, e uma das mãos cobria a boca. Vê-la tão abalada era quase mais desconcertante do que a notícia em si. Entregar Rick-o-cara-da-cidade à polícia havia sido ideia sua, e obviamente Noelle não gostava nem um pouco de estar errada. Olhei de relance na direção de Ariana, Kiran e Taylor. Todas pareciam caricaturas arregaladas de si mesmas. Fiquei imaginando se estavam sentindo o estômago embrulhado e enjoo como eu. Se a polícia estivesse certa, isso queria dizer que o assassino de Thomas ainda continuava à solta.

— O que vamos fazer? — me ouvi perguntar.

Ninguém respondeu. Natasha estendeu o braço e o enroscou no meu, puxando meu corpo para junto de si. Eu achava que essa história estivesse encerrada. Achava que a polícia havia feito o seu trabalho.

Mas agora via que a história não acabaria nunca. Que continuaria me sentindo daquele jeito *para sempre.*

Como Despencar do Topo do Mundo Para o Chão Duro em Menos de Cinco Segundos: Um Conto Edificante, por Reed Brennan.

UMA OUTRA PESSOA

— Ele foi o culpado. Todos nós sabemos que foi ele. Acho que devemos fazer justiça com nossas próprias mãos — declarou Dash na mesma noite durante o jantar. Os olhos estavam arregalados e ele não conseguia ficar sentado. Eu nunca o tinha visto tão irrequieto, e cada vez que ele sacudia a mão ou se remexia no assento, eu vacilava. Ele era uma bomba prestes a explodir.

— Alguém sabe onde mora o canalha? — interpelou Gage.

— Quer dizer então que vamos partir para o linchamento? — gracejou Noelle.

Ela parecia inteiramente recuperada do choque inicial. E, claro, provocar os garotos sempre era um bom jeito de melhorar o seu humor.

— Se for preciso chegar a esse ponto. — Alguns perdigotos voaram da boca do Dash. — Não estou de brincadeira com essa história, Noelle.

Ela revirou os olhos e soltou um suspiro. Nós nos entre-olhamos. O clima estava assim desde o início do jantar, e nem meu estômago nem meus nervos estavam felizes com a situação.

— Será que não podemos mudar de assunto? — sugeri.

— Talvez o sujeito não seja mesmo culpado — acrescentou Natasha.

— O que foi que você disse? — explodiu Dash.

Noelle recostou-se na cadeira, balançando a cabeça. Kiran remexia os seus legumes de um lado para o outro no prato. Ariana mantinha os olhos grudados num livro. Taylor? Dessa ninguém sabia o paradeiro. Devia estar encolhida numa cama da enfermaria, onde andava passando boa parte do tempo ultimamente.

— Foi só uma ideia. Já que obviamente eles não tinham provas suficientes para manter o sujeito preso, então talvez ele *não seja* mesmo o culpado — insistiu Natasha, erguendo um dos ombros. — Às vezes é preciso simplesmente confiar no Sistema.

— Belas palavras, vindas de quem vêm — reagiu Gage.

Natasha pousou o garfo e cruzou os braços sobre a mesa.

— Vai ser mais um daqueles discursos do tipo "Republicanos são a encarnação do mal"? Porque não me canso deles — replicou ela cinicamente.

— Ora, eu adoraria ouvir por que os republicanos são do mal — interveio Kiran. — Pelo menos seria uma mudança de assunto.

— Escute aqui, *Gisele*, o fato de você não dar a mínima para o assassinato do Thomas não quer dizer que nós devamos parar de tentar achar o culpado — falou Gage. — O mundo não gira em torno do umbigo de Kiran Hayes.

— Você acha mesmo que não dou a mínima? — disparou Kiran. O veneno na voz dela era tanto que tive um sobressalto. Fiquei com os olhos cheios de lágrimas por causa do choque e me senti instantaneamente constrangida com isso, mas não conseguia me controlar. Estava à beira do colapso nervoso. — Quem você pensa que é para dizer uma coisa dessas? Não faz ideia das coisas com que me importo ou deixo de me importar! Saiba que eu *adoraria* descobrir o que aconteceu com Thomas de verdade e o que a polícia está pensando do caso. Mas pelo visto ninguém quis se dar ao trabalho de nos informar, não é mesmo? Eles querem mais é que a gente só fique aqui sofrendo a perda do cara.

— Kiran — advertiu Ariana num tom apaziguador.

A garota olhou em torno como se acabasse de lembrar que havia outras pessoas além de Gage à mesa.

— Desculpem. É que já estou cansada disso tudo — resmungou ela. — É esquisito demais. Não faz muitas semanas o sujeito estava sentado ali no canto sendo antipático como sempre, e agora estamos aqui discutindo sobre quem foi que o matou ou deixou de matar. Quero dizer...

— Não consigo mais ficar ouvindo isso — explodi.

Empurrei a cadeira com tanta força que ela foi bater com um estrondo na de Cheyenne, na mesa ao lado. Recolhi desajeitadamente minha bolsa e o casaco. Um dos botões de madeira atingiu a cabeça de Cheyenne, e ela imediatamente começou a fazer um escândalo exagerado por causa da suposta dor com a pancada. Eu a ignorei.

— Vejo vocês no Billings.

— Reed...

Já tinha me virado para sair, mas parei e dei meia-volta.

— Achei que vocês estivessem organizando uma festa para o Thomas — soltei, com os olhos em Dash e Gage. — Por que não se concentram nisso em vez de saírem por aí fazendo todo mundo se sentir mais arrasado do que já está?

E fui pisando duro, apertando os olhos para tentar conter as lágrimas enquanto empurrava a porta e enfrentava o ar frio da noite lá fora. No instante em que pus os pés na alameda, bati em cheio no Josh.

— Reed! Tudo bem com você?

Ele me segurou pelos braços impedindo que eu caísse. O vento jogava uma parte dos seus cachos louros contra a testa. A proximidade com o corpo dele despertou mais uma onda forte de emoções que eu não tinha certeza de que seria capaz de suportar. Dei um passo para o lado e tentei pegar ar com uma inspiração entrecortada.

— Tudo certo — respondi, pressionando a base da mão contra a testa.

Inspire, expire. Lembre-se de como você se sentiu hoje de manhã. De como foi antes de tudo começar a desmoronar outra vez. Eu estou no spa, aconchegada naquele roupão macio e gostoso. Estou recostada na poltrona, satisfeita...

— Quase morri de preocupação o dia todo. Onde você se meteu? — cobrou Josh.

Pisquei para ele, confusa. Arrancada do meu devaneio antes mesmo de ter a chance de concluí-lo. Ele estava irritado comigo por algum motivo?

— Eu saí com Noelle e as meninas.

— Ah. — O rosto de Josh ganhou uma expressão dura enquanto ele endireitava o corpo. — Achei que nós íamos para Boston.

Foi como se alguém jogasse um balde de água bem na minha cabeça. O irmão de Josh e a namorada. O dia de diversão em Boston. Havia me esquecido completamente disso, depois de ter sido arrancada à força da cama e tudo mais. Meu coração ficou apertado quando percebi no rosto de Josh o quanto estava desapontado. Aquele ia ser um momento importante para ele e eu tinha estragado tudo. E então, em meio a essa constatação, fiquei comovida. Ele estava querendo mesmo passar aquele tempo comigo. Queria me apresentar ao irmão. E me tratar com toda essa consideração. O que só tornava o meu esquecimento ainda pior.

— Josh, me desculpa *mesmo* — falei. — Esqueci completamente. Noelle e Kiran foram me acordar de madrugada, minha cabeça demorou a engrenar. Eu sou uma idiota.

— Não tem problema. Relaxa — disse ele, frio. — É bom saber que sou esquecível assim.

E virou-se para ir embora. A culpa tomou conta de mim. Tudo o que eu queria era explicar o acontecido.

— Josh, espere. — Agarrei o braço dele.

— Não, Reed, não faz mal. Você preferiu ficar com as suas amigas a passar o dia comigo. Está certo — disparou ele. — Entendi a mensagem.

Eu nunca tinha visto Josh tão irritado. De onde vinha tudo aquilo?

— Não é verdade que prefiro ficar com elas a sair com você — disse, desesperada. — Por favor, acredite.

Josh parou e examinou meu rosto.

— É mesmo?

— Eu juro.

Lentamente, a raiva foi cedendo. Ele esfregou a testa com as pontas dos dedos.

— Caramba, me desculpe. Só fiquei preocupado com você. Tentei o seu celular umas vinte vezes, e caía sempre na caixa postal. Já estava a ponto de surtar. Quero dizer, depois do que aconteceu com o Thomas...

Parecia que eu estava tentando engolir meu próprio coração. Tudo estava mudado agora, não estava? Bastavam alguns telefonemas não atendidos para alguém ter motivos para começar a pensar em desaparecimento e morte.

— Josh, sinto muito. Isso não me passou pela cabeça.

— Por que você não atendeu o telefone? — interpelou ele. O tom de acusação na sua voz fora substituído pelo de preocupação. Respirei bem fundo, contente por ter o Josh normal de volta. Ele devia ser o porto seguro por aqui, afinal.

— Noelle roubou meu telefone — respondi. Eu tremia dentro do meu suéter fino. O calor da raiva passara e me dei conta de repente de que estava a ponto de congelar. Pousei a bolsa no chão para vestir o casaco. — Sinto muito mesmo.

— Tudo certo — falou ele. — Mas... da próxima vez não deixe ela fazer isso. Depois de tudo o que tem acontecido por aqui ultimamente...

Por um segundo tive a impressão de que Josh estava prestes a tomar a minha mão na sua, e isso fez meu coração perder nervosamente o compasso. Mas em seguida ele pensou melhor. Em vez disso, enfiou os punhos nos bolsos do casaco. Meus dedos formigaram, ansiando pelo contato que não aconteceu.

— Eu sei — repliquei. — Não vai haver uma próxima vez.

Ele conseguiu sorrir.

— Ótimo. Porque se acontecesse alguma coisa com você...

Meu peito ficou aquecido, transbordante. Eu quase já havia esquecido do momento desagradável no refeitório.

— Então tá — falei. Porque havia um milhão de coisas que queria dizer a ele e não conseguiria.

Josh recostou-se contra a parede de tijolos às suas costas e girou a cabeça para cima, deixando escapar um grande suspiro.

— Mas e aí, você já ouviu a notícia sobre o Rick?

— Já — respondi. E me encostei ao lado dele. Baixei os olhos para os sapatos. — Todo mundo só fala disso.

— Não consigo acreditar. Depois de tudo, como é que deixaram o cara ir embora? Você já viu um povo mais incompetente do que esse?

— Pois é. A sensação que tenho é que a gente nunca vai saber o que aconteceu de verdade.

— Eu sei o que aconteceu — disparou Josh. — Rick e Thomas se desentenderam, e Rick o matou. Ponto final. Por que essa gente nunca pode aceitar a resposta mais fácil?

Senti alguma coisa se agitar na minha mente, e tentei segurar o fluxo de pensamentos como vinha fazendo o dia todo. Mas não havia mais como evitar. E lá vieram eles. Se a polícia estivesse certa e Rick não fosse o culpado, então era óbvio que o assassino continuava à solta em algum lugar. E sabíamos que o corpo de Thomas havia sido encontrado na região. Em algum lugar próximo da Easton. A hipótese de Rick ser o assassino parecia fazer sentido porque ele vivia na cidade, mas, se não havia sido ele, era razoável supor que o verdadeiro culpado estivesse nos arredores do colégio. Ou mesmo que fosse alguém *do* colégio.

Sempre que o meu raciocínio chegava a esse ponto, os motores falhavam de alguma forma. Não conseguia conceber que alguém na Easton pudesse odiar Thomas a esse ponto. Que alguém na Easton fosse capaz de cometer um assassinato.

— Sei lá — falei sem olhar para ele.

— Só pode ter sido ele — insistiu Josh. — Só pode.

— Sem dúvida isso tornaria as coisas bem mais fáceis — repliquei, me sentindo entorpecida. — Porque, se não tiver sido ele teria que ser outra pessoa. Talvez até alguém...

Eu não conseguia concluir a frase. Simplesmente não havia como.

O olhar de Josh estava perdido na escuridão.

— Talvez alguém que a gente conheça.

UM LAPSO

— É meio estranho fazer isso — comentei enquanto me encaminhava com as meninas para o Salão Principal do Edifício Mitchell na terça à noite. Já dava para ouvir a batida da *dance music* retumbando nas paredes. Alguns dos retratos dos ex-diretores chacoalhavam nas suas molduras douradas.

O diretor Stern, do princípio do século XX, não parecia nem um pouco feliz com aquilo tudo.

— E o que não parece estranho ultimamente? — argumentou Natasha.

Fazia sentido. Desde a morte do Thomas, tudo parecia estranho de alguma maneira. Rir, comer, conversar, estudar. Mas fazer uma festa, por mais que tentássemos justificar a iniciativa, sem dúvida parecia ainda mais estranho do que todo o resto.

— Nós só temos que aguentar firme as próximas horas — falou Kiran com um tom amargo na voz que não combinava com a sua fama de eterna festeira. — E então amanhã à noite estaremos todas longe daqui.

— Vai ser bom ficar alguns dias em casa — concordou Ariana, parando por um instante do lado de fora das portas duplas abertas. Lá dentro nossos colegas zanzavam pelo salão, bebericando seus ponches de frutas e conversando. Alguns estavam até dançando. — Longe de toda esta loucura.

Eu assenti, mesmo a) não concordando com ela, e b) não estando prestes a ir para casa coisa nenhuma. Desde o início do primeiro ano, meu pai havia providenciado a autorização para que eu passasse os feriados de Ação de Graças na Easton mesmo, junto com outros bolsistas e alunos estrangeiros que não comemoravam a data e estavam muito longe de casa para poder encarar a viagem. Ir para casa era dispendioso demais e não valeria a pena. Ação de Graças nunca fora uma data muito animada na família Brennan de qualquer forma — com tão pouco para agradecer e uma mãe cuja ideia de refeição feita em casa era encomendar tudo no Boston Market e pedir que entregassem em vez de ir retirar a comida pessoalmente.

— Caladas, meninas. Assim vocês vão deixar a Reed deprimida — repreendeu Noelle.

— Tem certeza de que você não quer ir mesmo para a minha casa? — indagou Natasha. Ela mencionara a possibilidade no início da semana, mas eu recusara o convite. Sabia que ela estava louca para passar o maior tempo possível com Leanne enquanto estivesse em Nova York e não queria atrapalhar as duas. Além do que, para ser sincera, eu nem gostava tanto assim de Leanne. Nem um pouco, aliás. Mas gosto não se discute.

— Obrigada, mas vou ficar bem — falei, sentindo o impacto das minhas palavras no grupo. Sacudi o cabelo para trás e abri um sorriso, endireitando bem a postura. — Disseram que a torta de maçã é de matar — brinquei.

Todos os rostos sorridentes à minha volta se fecharam. Os olhares voltaram-se para dentro do salão. Meu coração ribombou. Caramba. Aquele tinha sido um comentário tremendamente inadequado.

— Vamos entrar de uma vez — sugeri.

— Boa ideia — replicou Noelle.

Ela pigarreou e foi em frente, liderando o cortejo. Mal havia passado do carpete fofo do corredor para o assoalho do lado de dentro, e seus pés estacaram. De repente senti como se o salão estivesse desabando em cima de mim.

Thomas estava por toda parte.

— Ele *só pode* estar de brincadeira — disse Noelle.

Fotos imensas de Thomas ocupavam todas as paredes disponíveis. Thomas diante das ruínas gregas. Thomas com um drinque tropical em cada mão e um chapéu de palha na cabeça. Thomas e o irmão Blake esquiando. Thomas a cavalo. Thomas com Dash e Gage no convés de um barco chamado *Minha Segunda Noiva*. Thomas e Josh vestindo terno e gravata. Thomas e uma garota desconhecida em trajes a rigor. Thomas e três garçonetes peitudas. Thomas com uma criatura exótica que lambia seu rosto sorridente.

Thomas. Thomas. Thomas.

E agora eu não conseguia respirar.

Noelle disparou pelo salão e foi despejar o que vinha contendo em cima de Dash. Eu me virei para sair dali.

— Não.

A mão fria de Ariana estava sobre o meu braço. Eu sentia como se o oxigênio estivesse sendo sugado diretamente dos meus pulmões.

— Não vou conseguir. Não posso ficar aqui — falei.

Todos tinham os olhos pregados em mim. Alguns rostos preocupados. Outros que pareciam achar graça. Um flash pipocou. Eu sentia como se houvesse um aquecedor dentro do meu corpo, bombeando calor por todos os poros. Thomas estava morto. Thomas estava morto. Thomas estava morto.

— Reed, nós temos que fazer isso. Temos que olhar para ele e aceitar o que perdemos — falou Ariana. Ela engoliu, respirou fundo e correu o olhar em torno. — Temos que aceitar que ele se foi.

Minha mente parecia uma mariposa presa no lampião, debatendo-se freneticamente para tentar se libertar.

— Como você pode falar em "nós"? — perguntei. — Você não entende o que estou passando.

Os olhos de Ariana voltaram instantaneamente a me encarar. Seus lábios estavam apertados e brancos.

— O que eu entendo é que ninguém tira os olhos de você — sussurrou ela. A mão me apertava como uma garra. — Você pode bancar a covarde e fugir ou pode ser forte e encarar isto até o fim. A escolha é sua.

Sabia o que ela queria que eu escolhesse. O que até eu mesma queria escolher. A questão era se eu teria forças ou não para enfrentar aquele desafio.

Eu me virei lentamente e percorri o salão com o olhar. A maior parte das pessoas se apressava em desviar os olhos assim que eles faziam contato com os meus. Depois me obriguei a encarar as fotografias outra vez. Thomas tinha tido uma vida tão rica de experiências... e eu não sabia nada sobre ela. Nunca desconfiara que ele tivesse feito tantas viagens. Não tinha ideia de que ele fora tão ligado aos amigos. Nunca chegara a conhecer a família dele direito. Não sabia quantas garotas haviam passado pela sua vida.

Mirando de relance a imagem de Thomas com a garota que lhe lambia o rosto fui tomada pelo ciúme e por uma forte sensação de vazio. Nunca ninguém havia tirado uma foto de nós dois juntos. Não havíamos ficado juntos por tempo suficiente, ou eu não fora suficientemente importante na vida dele para merecer o registro fotográfico.

No instante em que pensei isso, eu me senti profundamente envergonhada. Como podia ficar ali afundando em autocomiseração? Thomas estava morto. Ele nunca mais iria passar por nenhuma daquelas experiências. Tudo porque algum psicopata que continuava à solta em algum lugar se sentira impelido a acabar com a vida dele. Meu Deus, o que eu não daria para poder olhar essa pessoa bem nos olhos e arrancar seu coração.

— Respire fundo — instruiu Ariana. — Você consegue.

Inspirei bem devagar. *Que a confiança de Ariana possa me acalmar.* Do outro lado do salão, Gage sorriu para nós. Ele e Dash envergavam ternos com gravatas de nó frouxo e pareciam muito orgulhosos de si, mesmo sob o ataque de Noelle.

— Vamos pegar uma bebida — sugeri.

— Assim é que se fala — aprovou Kiran.

E dessa vez eu segui à frente do grupo. Chegando à mesa de bebidas, mergulhei um copo diretamente na poncheira e fiz o líquido adocicado descer pela minha garganta seca. Kiran precisou de um instante para abrir a sua garrafinha por baixo da mesa e turbinar o próprio drinque e o de Taylor com um pouco de álcool.

— Bom trabalho — disse eu para Gage. — Vocês dois deviam entrar para o ramo de assistência funerária.

— *De fato* é o único negócio onde se pode contar com um fluxo contínuo de clientes — retrucou ele em tom leve.

O garoto certamente estava precisando de uma boa surra. Desde ontem. Talvez Noelle devesse ter deixado os dois irem até a cidade atrás do parceiro barra-pesada de Thomas afinal.

— Você tem que mandar tirar essas fotos, Dash — estava dizendo Noelle, aparentemente tentando recobrar a compostura. — Nem Tim Burton teria pensado em algo tão mórbido.

— Qual o problema? Achei que ficou bem legal — disse ele, admirando sua obra. — Não queríamos celebrar a vida do Thomas? Bem, ela está toda aqui.

— É sinistro demais — disse Kiran com um calafrio enquanto tomava um gole da sua bebida. — Parece que ele está olhando para nós.

— Direto do além — completou Taylor.

Gage resolveu zombar.

— E o Oscar de excesso de melodrama vai para... — Dash riu e os dois bateram as mãos. — Boa!

— Falou a dupla que estava planejando um linchamento há poucos dias — comentou Noelle revirando os olhos.

— Não entendo você, Noelle. Não é verdade que lhe pedi ajuda para organizar isso tudo, e não é verdade também que você me dispensou sem pensar duas vezes? — interpelou Dash, empertigando os ombros largos.

Os olhos de Noelle se estreitaram. Pressenti a chegada de uma briga de casal.

— O que você está querendo dizer?

— Estou querendo dizer que se você não quis participar de nada, então não tem o direito de reclamar do resultado agora.

O queixo de Noelle caiu. Dash parecia que ia explodir de orgulho de si mesmo. Ninguém, nem mesmo Dash Mc-Cafferty, conseguia a façanha de deixar Noelle sem resposta com muita frequência. Será que a dinâmica de poder naquele relacionamento estava mudando? Quase dava para ver a centelha de esperança nos olhos dele.

— Por que as moças não dividem uma rodada da garrafinha secreta de Kiran para aliviar essa tensão toda? — sugeriu Gage com sua sutileza habitual. — Enquanto isso, nós vamos receber os parabéns do diretor Marcus pelo trabalho bem-feito.

Gage pousou a mão no ombro de Dash e o conduziu para longe dali. Noelle fumegava em silêncio enquanto via a dupla avançar despreocupadamente pelo salão. Ela não era dada a escândalos, mas eu sabia que Dash não ficaria sem receber o troco por aquilo que havia aprontado. Talvez ela até já estivesse planejando a vingança naquele exato instante.

— Sinto muito por isso, Reed — disse Noelle. — Pelo visto etiqueta e testosterona são mutuamente excludentes.

Dei mais um gole do meu ponche e pousei o copo na mesa.

— Você não precisa se desculpar em nome deles, Noelle. E na verdade está sendo até bom. Ariana tem razão. Preciso encarar isso de frente. Preciso olhar na cara do sujeito que disse que me amava e depois mentiu para mim, e em seguida foi assassinado brutalmente. Acho até que isso vai deixar todo o processo do luto muito mais fácil...

— Reed...

Eu estava descontrolada. Meninas do Billings não perdiam o controle assim.

— Acho que vou ao banheiro agora — informei à Ariana.
— Ou será que isso vai fazer de mim uma covarde também?

Ela abriu a boca para responder.

— Aliás, esquece. Não importa — eu a interrompi. — Vou até lá sim e, quando voltar, quero dançar um pouco.

— Vou ficar esperando você! — comemorou Kiran erguendo o copo.

Meus olhos estavam secos feito areia quando comecei a abrir caminho pelo salão. A realidade finalmente estava se assentando dentro de mim. Thomas havia partido. E, mesmo quando ele estivera entre nós, eu não fora mais do que um lapso breve na sua vida, um nada.

Um nada que precisava urgentemente seguir seu caminho.

UMA SURPRESA AGRADÁVEL

— Está tudo bem? Parece que você está evaporando — disse Josh enquanto me entregava um copo de ponche gelado.

Eu decidira fazer um intervalo na minha sessão de dança catártica. Minha pele estava coberta de suor, mas a sensação era boa. Sentia como se estivesse pondo alguma coisa para fora. Só torcia para que, o que quer que fosse essa coisa, ela não estivesse cheirando mal.

Tomando um gole do ponche de frutas, espichei os olhos para observar Noelle, Kiran e Taylor, que aparentemente ainda precisavam se livrar dos próprios monstros. As três estavam monopolizando o centro da pista de dança. Eu havia reparado nos olhares maldosos que algumas garotas de fora do grupo lançavam para elas pelas costas, mas sempre que alguma das minhas amigas voltava a sua atenção para essas mesmas garotas elas eram só sorrisos. Isso é que era poder.

— Tudo certo — falei despreocupadamente. — O que você achou da decoração?

Josh correu o olhar em torno.

— Eu descreveria como bacana mas meio bizarra.

Eu sorri.

— Onde foi aquilo ali? — perguntei apontando a foto que mostrava ele e Thomas metidos em roupas formais. Eu tentava fixar o olhar só em Josh, e não em Thomas. Fingir que Thomas nem estava lá. Fingir que estava tudo azul, tudo certinho, tudo bacana. Todas essas expressões que minha professora do quarto ano, a Sra. Cornerstone, costumava usar diariamente.

— Isso foi no casamento da Penny Halston uma semana antes de começarem as aulas — retrucou Josh. — O noivo era acionista do grupo Anheuser-Busch, então eles serviram cerveja de garrafa na festa. Thomas deu um jeito de roubar um carrinho cheio de engradados e passou a noite inteira bebendo, só para ver quanto conseguiria aguentar.

Eu balancei a cabeça e olhei para o chão. Será que alguma das histórias do Thomas não acabava com ele completamente chapado?

— De manhã nós fomos achar o cara largado no campo de golfe, cantando "Noventa e Nove Garrafas de Cerveja" e atirando os cascos vazios na areia do bunker mais próximo — completou Gage com uma risada, indo juntar-se a nós.

— Quase matou um dos jardineiros com uma garrafada — acrescentou Josh.

— Nem vem, levar 20 pontos não é nada tão grave assim. — Gage tomou um gole da sua bebida. — O garoto sabia curtir a vida, com certeza. Mas isso você teve a chance de descobrir sozinha, não foi, Brennan? — perguntou ele com um sorriso lascivo.

Quando estendeu um dedo para corrê-lo em meu braço, Josh o empurrou pelo ombro dois segundos antes que eu pudesse agarrar aquele dedo e torcê-lo.

— Você só pode ter problemas sérios, sabia disso? — disparou.

— Olha quem está falando, Hollis — devolveu Gage.

Josh me lançou um olhar de relance como se tivesse batido de cara numa parede invisível. *Hein?*

— Para com isso, palhaço — falou para Gage.

A última coisa que eu precisava era de uma confusão.

— Meninos, já chega.

— Aaaai, que medo! — Gage pousou o seu drinque. — Você acha que me assusta, esquisitão? Vem cá ver.

— Pelo menos meu problema não é patológico — devolveu Josh.

— Ora, talvez falte só o diagnóstico!

E mais um empurrão. Até os bate-bocas eram mais sofisticados na Easton. Palavras difíceis, insultos sutis.

— Ei, ei, ei! — Dash veio se aproximando com as mãos erguidas e pôs uma no ombro de Gage e outra no de Josh, comigo ainda entre eles. Uma envergadura de respeito, a do cara. — Estamos tentando fazer uma festa aqui. Tratem de relaxar, vocês dois.

— Relaxar? O que você andou fumando? — disparou Gage ainda num tom beligerante.

— Nada, ora. Mas que motivo há para brigar? Todos os nossos amigos estão aqui, nós fizemos a homenagem que queríamos ao Pearson e depois de amanhã estaremos em casa entregues à melhor comilança do ano — falou Dash enquanto se recostava na parede ao lado de Gage. — Está tudo perfeito.

— Isso é você que está dizendo, cara — retrucou Gage. Ele deu um passo para longe de Josh. — Estou achando que a cozinheira venezuelana que minha mãe arrumou não vai acertar a receita do peru.

Com essa mudança oficial de assunto, os ombros de Josh relaxaram e Gage já parecia ter esquecido que pouco antes estivera prestes a arrancar a cabeça do outro. Dash era *bom mesmo*. Não era a primeira vez que eu admirava a sua maturidade e a cabeça no lugar. Ele nunca entrava na onda das gozações e insultos de Gage e vivia a postos para desarmar situações de tensão. E, além disso, já vinha conseguindo administrar um relacionamento firme com Noelle havia 3 anos — o que por si só era uma conquista e tanto. Ele tinha futuro na política.

— Obrigada — fiz com os lábios para ele, sem emitir som. A última coisa que eu conseguiria suportar era uma pancadaria entre dois supostos amigos. Já tivera minha cota de drama para o semestre inteiro. Dash meneou a cabeça para mim em resposta. Olhei então para a pista de dança e fiquei esperando meu coração voltar ao ritmo normal.

— *Alguma vez* sua mãe já pensou em contratar empregadas que não sejam estrangeiras? — Dash perguntou ao Gage.

— Mara Coolidge? A rainha do nunca-vai-merecer-um-emprego? Não.

— Bem, vou passar o feriado saboreando uma bela refeição feita em casa na propriedade da minha avó. — Os olhos de Dash brilhavam só de pensar nessa perspectiva. — Peru recheado, amoras, o cardápio completo.

— Ah, você sempre me saindo o típico garoto americano! — reagiu Gage, estendendo o braço para beliscar a bochecha do amigo. — E você, novata? — Ele havia caminhado até a mesa mais próxima e sentado com as pernas escarrapachadas. Nós três o seguimos, Dash e eu ocupando por precaução as duas cadeiras entre Gage e Josh para o caso de os ânimos voltarem a esquentar. — Como é o esquema do feriado lá em Fim-De-Mundo, Pensilvânia? A turma toda caindo de boca no enroladinho de peru com uma rodada de cerveja direto da lata?

Amo esse cara. *Amo.*

— Cara, dá um tempo — interveio Josh.

— Josh — adverti. Tipo, *Trata de se acalmar agora.* Obrigada por se dar ao trabalho, mas posso me cuidar sozinha. — Na verdade, não vou para casa no feriado. Vou ficar aqui mesmo.

— É mesmo? — indagou Josh. As sobrancelhas subiram tanto que foram se esconder debaixo dos cachos. — Eu também.

Sério? Aquilo era novidade para mim, uma surpresa agradável. Um formigamento aqueceu minha pele. Então eu poderia contar com um amigo por perto. Alguém com quem ir ao refeitório. Alguém com quem conversar. E não um alguém qualquer, mas o Josh. Nós dois. Sozinhos aqui. Sem ninguém para ficar bisbilhotando, fazendo julgamentos ou comentando. De repente, os quatro dias de feriado que eu tinha pela frente começaram a parecer *bem* melhores.

— Como é? — soltaram Dash e Gage ao mesmo tempo.
— O que deu em você, cara? Os dias de Ação de Graças na casa dos Hollis sempre foram lendários! — completou Dash.

Josh desviou o olhar do meu e pigarreou. Disfarcei o sorriso fingindo um interesse súbito nos acontecimentos da pista de dança e afofando umas mechas de cabelo em volta do rosto.

— Mas não o deste ano. — Josh inclinou-se sobre a mesa para olhar bem para Gage e Dash. — Meus pais ficaram presos na Alemanha, então as meninas vão para a casa da minha tia em Cape e Lynn resolveu passar o feriado com a namorada. E como nenhum dos dois lembrou de me convidar...

— Você preferiu ficar aqui. — Gage parecia incrédulo.

— Sozinho.

Debaixo da mesa, os dedos de Josh roçaram nos meus. Senti o coração dar um pulo e virei a palma da mão para cima sobre a coxa. Josh a envolveu nos seus dedos. O calor começou no pulso, subiu pelo braço e tomou conta do meu corpo inteiro. Eu tinha que fazer força para não sorrir.

— É — disse ele com um riso, apertando minha mão.

— Sozinho.

FORA DO PERSONAGEM

A festa, inevitavelmente, fugiu de controle. Ficou óbvio para quem quisesse ver que Kiran não fora a única "enlutada" a trazer bebida alcoólica escondida. A questão que restava era quando exatamente a raiva que o diretor vinha aquecendo em fogo brando tomaria enfim proporções nucleares encerrando a homenagem, e se haveria ou não alguma repercussão posterior ao desastre. Na pista de dança, Kiran, London e Vienna rodopiavam, caindo umas por cima das outras e se acabando de tanto rir. Dash dançava com ele mesmo. Missy Thurber, mesmo com a música animada que saía dos alto-falantes, cambaleava devagar para a frente e para trás dependurada num dos caras da minha aula de história, semiapagada e babando no ombro dele. O olhar do sujeito mirava as costas do seu vestido, sem dúvida tentando avaliar quais as chances de conseguir abrir o fecho do sutiã sem ser notado. E, considerando o estado em que a garota se encontrava, eu diria que eram bem altas.

Num canto do salão, Walt Whittaker e Constance Talbot conversavam com as cabeças próximas uma da outra. Como haviam passado quase a noite inteira. De vez em quando, Constance sorria e corava e Whit inchava o peito, todo cheio de si. Tudo indicava que a garota enfim conseguira fisgar a sua eterna paixonite do colégio. Bom para ela.

— O diretor Marcus já olhou o relógio dez vezes nos últimos três minutos — observou Natasha. — O que ele está esperando?

— Provavelmente só está torcendo para todos sobreviverem até as 22 horas sem ninguém dar escândalo nem desmaiar de bêbado — retrucou Ariana. — Afinal, ele prometeu ao Dash que poderíamos ocupar o salão até esse horário. E assim ele não precisará voltar atrás com a sua palavra.

— Sempre certinho, esse Marcus. Aposto que ele aprontava todas quando era garoto — brincou Josh.

Natasha e eu demos uma gargalhada e Ariana sorriu. Estávamos os quatro sentados numa mesa redonda, observando o movimento. Eu me sentia exausta e quase contente depois de ter passado a noite inteira dançando, papeando e rindo. Já quase nem reparava mais nas fotos de Thomas pelas paredes, e quando fazia isso me recusava a deixar que me abalassem. De agora em diante, nada mais relacionado a Thomas iria me abalar.

— Mas o que é isso?

Meus olhos voaram para a porta. Alguém estava gritando. Algumas pessoas corriam para ver do que se tratava. Meu coração afundou. O que poderia ser agora? O clima andava tão dramático ultimamente que deviam transformar a Easton numa companhia de teatro. O surto em altos brados era ininteligível por causa da música. Srta. Ling, a afetada preceptora do Bradwell, e o Sr. Shreeber, treinador de cross-country e professor de espanhol, se adiantaram para ver o que estava acontecendo. Em pouco tempo, a maior parte dos presentes já se acotovelava na direção da porta disputando um ângulo de visão mais privilegiado.

— Onde você estava com a cabeça? Não sabe se controlar, não?

Meu coração apertou. Eu conhecia essa voz.

— É Noelle — falou Natasha.

Ariana já estava de pé.

— Já chega. Não consigo mais nem olhar na sua cara! — berrou Noelle, disparando para dentro do salão outra vez com a Srta. Ling nos seus calcanhares. O rosto da garota estava vermelho de tanta raiva. Ela lançou um olhar por cima do ombro para Taylor que, pálida, mal conseguia manter-se de pé. — Juro por Deus, às vezes me pergunto por que foi que deixamos você entrar.

Alguém engoliu em seco de um modo que ecoou pelo salão. Uma Menina do Billings questionando o valor de outra Menina do Billings soava como heresia aos ouvidos da plebe. Na privacidade do grupo, claro, fazíamos isso o tempo todo. Mas era algo que jamais acontecia em público.

— Noelle — arfou Ariana. Mesmo sem qualquer chance de se fazer ouvir pela outra na metade oposta do salão onde ela estava.

Dash deu um passo adiante para tentar pegar a mão da namorada, mas ela a afastou com um safanão. Agarrando sua bolsa, Noelle girou na direção da porta de emergência do salão e saiu para a noite. Ariana hesitou menos de um segundo antes de segui-la. Eu nunca tinha visto a garota tão aturdida. Por um longo instante, ninguém se mexeu. Meu coração batia tão forte que chegava a doer. Algo de muito sério devia ter acontecido para provocar em Noelle um ataque daquelas proporções em público.

A Srta. Ling passou o braço em torno dos ombros de Taylor e a conduziu na direção do corredor. Dois segundos depois, Gage deslizou para dentro pela mesma porta, as mãos nos bolsos e um ar ao mesmo tempo ressabiado e distraído. Quase dava para ouvi-lo assoviar disfarçadamente.

Foi Dash que conduziu o cortejo na direção dele.

— Vem — disse Natasha, me levando pela mão.

Ela, Josh e eu fomos atrás de Dash enquanto ele se dirigia para um canto com Gage. Kiran já aguardava lá.

— O que foi que aconteceu afinal? — perguntou Dash.

Atrás de nós, a música parou e o diretor anunciou o fim da festa. Algumas pessoas reclamaram. Nós o ignoramos.

— Nada, cara, eu juro — disse Gage.

— Todo mundo está vendo que aconteceu alguma coisa — interveio Natasha.

Gage estreitou os olhos.

— Eu não sei, tá? Estava voltando do banheiro e dei de cara com Taylor sentada no chão do corredor, chorando. E aí parei para perguntar se estava tudo bem, né? Eu sou um cavalheiro.

Ele puxou os punhos da camisa. Kiran, Natasha e eu começamos a zombar. O olhar lançado por Dash nos fez calar a boca.

— Ela disse que não, que não estava nada bem, fungando daquele jeito que vocês conhecem. Então eu sentei ao seu lado e perguntei o que tinha acontecido — prosseguiu Gage.

— Por quê? — indagou Natasha, expressando em voz alta o que passou pela cabeça do grupo todo. Gage não era um cara conhecido por ser solidário.

— Porque ele achou que podia ser dar bem no final — disse Josh à meia-voz.

— Sem essa, cara. A menina nem é o meu tipo — devolveu Gage.

— Gage, o que foi que houve com Noelle? — perguntou Dash entre dentes.

— Foi só isso, cara. Não sei o que deu nela. Taylor estava lá se acabando de chorar e falando umas coisas sem o menor sentido. Falou sobre o Thomas e tudo mais, e como os pais dele nunca iam saber o que tinha acontecido, e de repente aparece a Noelle do nada e começa a dar uma de Emily Rose para cima de todo mundo. Juro por Deus, a criatura parecia mesmo possuída. Praticamente arrancou a outra do chão só pra despejar melhor a sua raiva em cima dela.

Dash parecia completamente confuso. Exatamente como eu estava me sentindo.

— Preciso ir falar com a Taylor — disse Kiran, já virando para sair.

— Vou junto — ofereci.

— Não! — disparou ela, me fazendo estremecer. Então parou e respirou fundo. — Desculpe. É só que... eu conheço ela melhor do que você. Acho melhor ir sozinha mesmo.

E voou dali antes que eu conseguisse encontrar as palavras para protestar.

VIAJANTE SOLITÁRIA

Acordei sobressaltada, com o coração tão acelerado que parecia que tinha acabado de correr um quilômetro. Ainda não estava totalmente desperta mas tive a nítida impressão de ter ouvido uma porta bater. A escuridão no quarto era quase completa. O marcador do relógio digital piscava 5h32. Na cama ao lado, Natasha dormia de boca aberta. Será que eu havia sonhado?

O som alto de alguma coisa batendo no corredor me fez sentar na cama. Tentei acalmar a respiração e apurar os ouvidos. Alguém estava passando pela porta do meu quarto. Pude ouvir o rangido das escadas antigas do Billings. Logo depois, a porta principal do dormitório se abriu e então fechou com uma batida.

Sem fazer barulho, levantei da cama e me esgueirei até a janela ao lado da escrivaninha. O campus estava coberto por um nevoeiro espesso e úmido, e os postes de luz antiquados que margeavam as alamedas emanavam uma tentativa patética e difusa de claridade. Lá embaixo, algo se movimentou no meio do cinza. Havia alguém caminhando pela alameda. A pessoa estava usando um chapéu preto e puxava uma mala imensa atrás de si — grande o suficiente para uma viagem de mês inteiro. Quando eu já estava achando que não iria conseguir enxergar direito a viajante solitária, ela passou por baixo de um dos postes de luz. Logo reconheci os cachos loiros de Taylor.

Meu pulso, já acelerado, disparou de vez. Para onde Taylor estava indo daquele jeito? Era cedo para viajar para o feriado. Ainda teríamos um dia inteiro de aula pela frente. E Taylor nunca matava aulas.

Droga, Taylor não podia ir embora. Não desse jeito. Não antes de alguém esclarecer o que havia acontecido na noite passada, qual fora o motivo da cena com Noelle. Não antes de eu entender o que diabo estava havendo com ela.

Da maneira mais silenciosa possível, destravei o trinco e abri alguns centímetros da janela. Não fazia ideia do que esperava ouvir, mas não queria perder qualquer pista que ajudasse a solucionar aquele mistério todo. Uma lufada fria invadiu o quarto e eu tive que travar a mandíbula para meus dentes não começarem a bater. As rodinhas da mala trepidavam no chão de pedra. E então uma outra coisa se mexeu lá embaixo. Meu coração ameaçou sair pela boca. Havia alguém seguindo a Taylor.

Quase gritei para alertá-la, mas no segundo seguinte abafei o grito. De repente reconheci o sobretudo, os ombros largos. O vulto era o detetive Hauer.

Por que a polícia estaria atrás de Taylor? Será que Hauer simplesmente havia saído para o seu passeio matinal mais cedo e topara com ela por acaso?

Taylor desapareceu atrás do Alojamento Bradwell, Hauer foi atrás. Instantes depois eu ouvi o estalo de uma porta de carro fechando. Dois faróis brilharam contra o nevoeiro. As linhas elegantes de um sedã preto surgiram num relance, entre os prédios do Bradwell e do Dayton, depois desceram a ladeira rumo ao portão principal da Easton.

Fiquei lá esperando Hauer aparecer de volta, mas isso não aconteceu. Ou ele havia ido embora em outra direção, ou estava escondido em algum lugar... Ou então havia entrado no carro com Taylor. Mas por quê? O que estava acontecendo?

Sentei na beirada da cama, me sentindo subitamente derrotada. Mantive os ouvidos bem atentos até o barulho de motor ser engolido pelo nevoeiro e o carro ter oficialmente desaparecido, levando dentro dele Taylor e uma centena de perguntas não respondidas.

Voltar a dormir estava fora de cogitação. Decidi tentar estudar um pouco até que todo mundo começasse a acordar e dar início ao ritual matinal de ligar os secadores, empunhar as pinças e escolher as roupas, mas acabei só com os olhos grudados na parede sem fazer nada.

Durante todo o café da manhã fiquei esperando alguém fazer menção à ausência de Taylor. Não houve uma palavra. A conversa toda girou em torno de quem iria sair a que horas, onde iriam fazer compras e como o pessoal de NY marcaria para se encontrar durante o feriado. Era impressão minha ou a atitude despreocupada da Noelle estava um pouquinho mais estudada esta manhã?

Tive que me esforçar para não fazer a pergunta. Não sei exatamente por que, mas sentia que não devia ser eu a levantar essa bola. Aquilo era quase como um jogo. Quanto tempo elas conseguiriam continuar agindo como se não houvesse nada de errado? Por quanto tempo nós iríamos sustentar a farsa?

Pelo visto indefinidamente, pois logo me vi deslizando no banco de madeira da capela para os serviços matinais sem que ninguém tivesse pronunciado o nome proibido. Qual era o problema dessa escola? Parecia que guardar segredo era o passatempo favorito de todo mundo ali — sempre que não estavam ocupados fazendo fofoca. O lugar era a imagem perfeita da contradição.

— Ai meu Deus, mas o que foi que houve com Taylor Bell?

Meu coração bateu em falso. Voltei os olhos para o rosto ávido de Constance. Minha ex-colega de quarto não largava o posto de centroavante mais ativa do Time da Fofoca. E, considerando que eu vivia cercada pela retranca aguerrida dos Guarda-Segredos, era sempre uma boa ideia tê-la por perto.

— Por que a pergunta?

Constance acomodou-se do meu lado e pousou a mochila aos seus pés.

— Kiki jura que a viu entrando num carro que estava parado no pátio hoje de manhãzinha, *muito* antes do sol aparecer.

— O quê? Como assim? — perguntei.

— A garota não dorme de jeito nenhum. É a rainha da insônia. Vai ver que foi por isso que ficou com as melhores notas da turma, porque não tem mais nada pra fazer a noite toda além de estudar — Constance parou e refletiu um instante, talvez imaginando se *ela* seria capaz de cultivar uma insoniazinha que lhe rendesse a celebridade instantânea das honrarias supremas, e em seguida voltou ao assunto. — Mas escute só isso: ela conseguiu ver a placa do carro e você não vai acreditar qual era — acrescentou, baixando o tom de voz.

Eu me sentia prestes a implodir.

— Qual?

— "Hayes 3". Aquele era um dos carros da mãe da Kiran Hayes, só que Kiran não estava com Taylor. Você não acha isso muito estranho?

De repente fui tomada por uma sensação terrível — aquele amargo que você sente quando se dá conta de que todos em volta estão sabendo mais do que você. De que é uma idiota completa e perdeu uma parte fundamental da história. Eu me virei no banco para olhar para Kiran, que estava sentada com o pessoal do terceiro ano algumas fileiras atrás, as costas retas e os olhos pregados na frente da capela. As meninas do terceiro ano haviam deixado o lugar ao seu lado vazio e reservado para Taylor, que sempre se sentava com Kiran. Mal sabiam elas que Taylor não apareceria hoje.

Mas Kiran sabia. Sabia muito mais do que estava deixando transparecer. Preguei os olhos nela querendo atrair sua atenção, mas ela me ignorou. Mesmo eu tendo *certeza* de que estava notando o meu olhar.

O diretor Marcus subiu ao púlpito para dar início aos serviços matinais. Voltei o corpo para a frente outra vez, com tanta raiva que estava praticamente tremendo. Sem mais segredos, hein? E eu tinha acreditado nesse papo. Não sei como um golpista ainda não havia aparecido para tentar me vender alguma ponte da região ou coisa parecida. Eu era a maior otária do mundo.

ÚLTIMA TENTATIVA

Da cadeira de espaldar alto posicionada próxima à janela frontal do Billings eu podia vigiar a porta principal *e* as escadas. Kiran havia passado o dia me evitando, mas eu não a deixaria ir embora do campus sem antes falar comigo. Precisava saber o que estava acontecendo. O crepitar da lareira criava um clima aconchegante no saguão do alojamento onde Rose e Vienna papeavam diante do fogo à espera dos carros que as levariam, cercadas por pelo menos uma dúzia de malas. Só esperava que a presença das duas ali não fosse atrapalhar minha missão.

Do meu posto de sentinela, conseguia observar todas as minhas colegas de alojamento saindo para o feriado. Alguns pais haviam aparecido para buscar as filhas, mas havia mais motoristas do que familiares circulando pelo recinto. Algo naquela movimentação toda me passava uma sensação triste e vazia, mas as outras garotas não pareciam nem um pouco abaladas. Porque já estavam acostumadas, imaginei. Mas eu era a menina que nem sequer havia sido convidada para passar o dia de Ação de Graças em casa, então que moral tinha para julgar qualquer coisa?

Um dos motoristas que eu vira entrar um pouco antes, um sujeito alto e bonitão com uma penugem cobrindo a cabeça e um minúsculo triângulo de pelos sob o lábio inferior, reapareceu no alto da escada. Reconheci o conjunto de malas Louis Vuitton sob os seus braços e me levantei da cadeira. Kiran surgiu usando um vestido vermelho ajustado ao corpo, botas pretas, um casaco com gola de pele e batom da mesma cor da roupa. Quando me viu parada ali, deixou escapar um suspiro.

— Não estou com tempo agora, Reed. — Ela pôs os óculos escuros no rosto enquanto descia os degraus atrás do motorista. — Mas ligue para mim no feriado. Você tem o número do meu celular, não tem?

— De jeito nenhum. Você passou o dia inteiro me evitando e quero saber por quê — insisti à meia-voz. Olhei de relance para Rose e Vienna. As duas pareciam interessadas, mas confusas. Deu para perceber que o estalar da madeira no fogo estava abafando as nossas vozes.

Kiran fez ar de pouco caso.

— Evitando você? Eu estava ocupada fazendo as malas. Não fique se achando demais.

— Cadê a Taylor, Kiran? — pressionei.

— Foi para casa — respondeu ela sem se abalar.

— Sei, num dos seus carros.

Kiran parou. O motorista já estava com um pé do lado de fora, mas voltou-se para ela na mesma hora.

— Algum problema, Srta. Hayes?

— Não, não, problema nenhum — respondeu Kiran balançando a cabeça. — Pode ir que eu vou num instante.

O olhar desconfiado que o sujeito lançou para mim antes de desaparecer porta afora me fez pensar que ele devia ser mais um guarda-costas do que um simples motorista. Kiran empurrou os óculos para o alto da cabeça e me fitou quase com pena.

— Por que ninguém comentou o fato de a garota ter saído fugida daqui no meio da madrugada? Por que ela foi embora num carro da sua família? — disparei.

Kiran voltou os olhos para a nossa pequena plateia por um instante, e em seguida me empurrou para o nicho que havia atrás da porta principal e praticamente imprensou meu corpo na parede.

— Dá para calar a boca? — disse entre dentes. Depois de mais um olhar de relance para dentro da sala, ela deliberadamente endireitou as costas, relaxou a postura e me olhou de cima para baixo. — Como foi que você soube disso?

— Uma amiga minha a viu sair — falei, com o pulso disparado. — Kiran, o que está acontecendo?

Kiran ergueu a mão para coçar um ponto acima da sobrancelha e inspirou fundo. Ela ergueu a cabeça um instante, e quando voltou a me olhar era só sorrisos.

— O que está acontecendo é que você ficou paranoica — falou ela. — Ninguém comentou que Taylor *saiu fugida* porque ela não fugiu coisa nenhuma. Como o único voo que havia para Indiana saía de manhã bem cedo, ofereci um dos motoristas da minha mãe para levá-la ao aeroporto. Nós todas *sabíamos* que ela iria embora cedo.

— Eu não sabia.

— Ora, queira nos perdoar por não ter repassado essa informação incrivelmente importante — disse Kiran cheia de sarcasmo. — Em meio a todas as coisas que têm acontecido por aqui. Agora, se me dá licença, não gosto de deixar Helmut esperando.

— Só mais uma coisa. — Eu a detive antes que ela pudesse chegar à porta. — Se todas já estavam sabendo de tudo, por que você tomou um susto quando viu que eu havia descoberto sobre o carro?

Kiran virou-se para me olhar, impaciente.

— O quê?

— Você me arrastou para longe no instante em que mencionei o carro. Como se não quisesse que ninguém mais escutasse isso. Se todo mundo já sabia que Taylor iria embora antes, por que essa cena toda?

— Ora, Reed, não quero passar a impressão de que ando distribuindo passeios grátis por aí — respondeu Kiran com voz macia. — Se a notícia se espalha o alojamento inteiro vai fazer fila para ganhar idas a Boston e caronas até o aeroporto. Como se eu precisasse desse tipo de estresse na minha vida.

Eu encarei a garota. Ela era boa, mas não me convencera nem por um instante. E sabia muito bem que não. Foi por isso que dois segundos mais tarde, sem nem se despedir, bateu com a porta na minha cara.

Para: taylor_bell@gmail.com
De: rbrennan391@aol.com
Assunto: Tudo bem com você???

Oi, Taylor

Estou escrevendo porque você nunca atende o celular e não tenho seu número de casa. Queria ter ido conversar ontem depois da sua briga com Noelle, mas Kiran me disse que era melhor esperar. Achei que você parecia muito abalada e, como não conseguimos mais nos falar, eu só queria ter certeza de que ficou tudo bem.

Quando vi você indo embora hoje de madrugada, eu... Sei lá. Tive uma sensação estranha. Kiran diz que estou sendo paranoica, mas fiquei com um pressentimento ruim desde aquela hora. Não consigo evitar, estou muito preocupada. Escreva de volta se puder, nem que seja para me chamar de maluca.

Espero de verdade que esteja tudo bem.

Beijos,
Reed

AÇÃO DE GRAÇAS

Naquela noite chequei meu e-mail no computador de Natasha de cinco em cinco minutos, mas Taylor não respondeu. Fiquei torcendo para que ela estivesse só ocupada demais com a família e não que tivesse começado a me evitar também. Se ela decidisse fazer isso, era possível que eu jamais descobrisse a verdade sobre o que estava acontecendo ali. E isso estava fora de questão.

Depois que todo mundo havia saído de Easton para o aeroporto ou em direção aos bairros mais sofisticados de várias cidades da Costa Leste, o prédio do Billings ficou silencioso e triste. Nada mais de gritinhos e risadas, nenhuma música alta, nenhum debate acalorado numa das rodinhas de estudos. Parecia outro lugar. Perambulei pelos corredores acarpetados, parando pela primeira vez para estudar detidamente os retratos das Meninas do Billings de outras gerações até que comecei a me sentir como se estivesse sendo observada pelos fantasmas delas. E então, tomada por uma onda irracional de medo, voltei pelo mesmo caminho escancarando as portas dos quartos. Não demorou para a preceptora do alojamento, a Sra. Lattimer, ir ao meu encontro e pedir gentilmente que eu não fizesse tanto barulho. Por fim, acabei me recolhendo ao quarto.

Depois de um tempinho, comecei a relaxar. Sim, o lugar estava mais silencioso do que um cemitério, mas isso significava também que não haveria ninguém para entrar no meu quarto exigindo coisas. Ninguém para me fazer lembrar da tragédia. É, talvez a solidão fosse uma coisa boa. Eu me acomodei para pôr a leitura em dia e consegui fazer alguns progressos de verdade nos estudos. Cada vez que os pensamentos sobre Thomas ameaçavam invadir minha cabeça, simplesmente fazia esforço extra para me concentrar nas anotações. Acabei pegando no sono com um livro no colo, e não me levantei para apagar a luz até que o caderno bateu no chão com um estrondo que quase me matou de susto.

Na quinta-feira dormi até mais tarde, liguei para casa a fim de desejar boa sorte ao meu irmão na empreitada doméstica (ele decidira ir até lá partilhar o banquete encomendado no Boston Market, embora eu não conseguisse imaginar exatamente por quê) e também para falar com meu pai — tomando o cuidado de garantir a ele que estava tudo perfeitamente bem comigo e que ninguém mais havia desaparecido da escola. Minha mãe pegou o fone por três minutos para despejar uma ladainha incessante, falando que a Easton era um lugar inseguro e eu deveria ir para casa imediatamente. Não porque ela estivesse preocupada comigo, mas porque nunca quis me ver conseguir qualquer coisa que eu realmente desejasse. Em seguida, meu pai voltou para falar do meu boletim e que andara pensando se uma fileira de notas B com um único A seriam suficientes para segurar a minha bolsa de estudos (e a resposta era "sim", aliás). Parecia que eu nunca mais iria conseguir desligar o telefone.

Pouco depois do meio-dia, saí para uma longa corrida pelo campus observando as alamedas desertas e janelas escuras. Não havia viva alma pelo caminho. Aproveitei para admirar como a Easton era bonita. Mesmo com as árvores desfolhadas e os canteiros sem flores, o campus me parecia mais elegante do que qualquer lugar de que eu me lembrava perto de casa. Cada centímetro de cada edifício evocava tradição e orgulho, dos lindos vitrais incrustados nas grossas paredes de pedra da capela às colunas que marcavam a entrada da Biblioteca. Não havia sinal do mundo moderno por ali. E sem o movimento constante de celulares equipados com Bluetooth, PSPs e iPods, eu quase conseguia imaginar a sensação de caminhar por essas mesmas alamedas na época da fundação da escola. Com todos os paletós de tweed, as gravatas e os livros encapados em couro daquele tempo. Um tempo em que as coisas eram simples. Quanto mais corria, mais solitária ia me sentindo. Do jeito que estavam as coisas um desavisado poderia me tomar como a dona do lugar.

Pelo visto, até mesmo o detetive Hauer tinha direito a uma folga no Dia de Ação de Graças. Eu achava que iria flagrá-lo espreitando as alamedas do campus furtivamente como na madrugada anterior, mas não havia sinal dele. Comecei a imaginar se o vulto avistado no meio do nevoeiro havia sido fruto da minha imaginação. Talvez eu ainda estivesse meio adormecida. Talvez aquilo nem tivesse acontecido. E, se não acontecera, o melhor que eu tinha a fazer era parar de pensar obsessivamente no assunto.

Por ora, eu iria tentar seguir por esse caminho.

Nessa mesma tarde voltei a checar o meu e-mail. Nada ainda. Mandei outra mensagem para Taylor, dizendo que ela não precisava tocar em nenhum assunto que não se sentisse à vontade. E que eu só queria mesmo saber se estava tudo bem. Depois, desliguei o computador e prometi a mim mesma que só voltaria a checar a caixa de entrada no dia seguinte.

Quando cheguei ao refeitório para o jantar de feriado agendado para as 19 horas, me sentia renovada. Estava ali para saborear uma bela refeição sem pensar em Thomas, Taylor, Hauer, Rick-o-cara-da-cidade ou ninguém mais.

Ninguém além de Josh, que já ocupava o seu lugar à cabeceira da mesa. Ele estava usando um paletó de veludo sobre uma camisa azul, tão lindo que me fez duvidar que estivesse à altura da sua companhia. Havia velas acesas e centros de mesa em forma de cornucópias pousados em leitos de folhas de outono. Três das mesas do refeitório haviam recebido essa decoração, todas na parte central. Na primeira estava a Sra. Lattimer com outros integrantes do corpo docente. A segunda era ocupada por uma miscelânea de alunos estrangeiros. Josh estava na terceira, que tinha alguns bolsistas na extremidade oposta — todos com os narizes enfiados em seus livros e ignorando-se mutuamente.

O aroma que pairava no ar era maravilhoso. Peru sendo assado, molho, pão caseiro recém-saído do forno. Voltei o olhar para o bufê às minhas costas, mas estava vazio.

— O que está havendo aqui? — perguntei ao Josh.

Dobrando sob o corpo a saia que havia pegado "emprestada" do Armário dos Sonhos da Kiran, me sentei. Deus abençoe a pessoa que tomou a decisão de não instalar trancas nas nossas portas. Kiran não queria me dizer a verdade? Tudo bem. Pelos próximos três dias, as coisas dela seriam as minhas coisas.

— Serviço à inglesa — explicou Josh. — Pelo visto é isso que acontece quando eles só têm vinte pessoas para atender.

— Uau. É como se fôssemos da realeza.

Josh se inclinou para a frente e indicou com o olhar a mesa ao lado.

— Na verdade, acho que um daqueles caras *é mesmo* da realeza.

Soltei uma risada, e no mesmo instante as portas da cozinha se abriram para dar passagem a meia dúzia de funcionários do refeitório e suas bandejas. Logo, travessas de peru fatiado, tigelas de batatas, recheio e legumes e cestas de pãezinhos foram deixadas à nossa frente. Mesmo antes de provar, eu já podia dizer que esse seria o melhor jantar de Ação de Graças de toda a minha vida.

— Quando terminarem nós serviremos a sobremesa — informou nossa garçonete com uma ligeira reverência. — Torta de maçã com sorvete.

— Obrigada — respondi.

Já a caminho da cozinha, ela parou ao ouvir o que eu disse e sorriu de volta para mim. Como se ninguém jamais houvesse lembrado de lhe agradecer.

— Pronta para o banquete? — perguntou Josh.

Ele já estava segurando um garfo imenso acima do meu prato com algumas fatias de peru espetadas.

— Mande para cá — respondi.

Com um sorriso, Josh despejou toneladas de comida nos nossos pratos. Depois de pegar o que queria, ele virou uma concha bem cheia de molho por cima de tudo, até dos pãezinhos. E ficou olhando enquanto eu só punha o molho em cima da carne.

— Covarde — zombou.

— Gosto não se discute.

— E aí, o que vai fazer mais tarde? — Josh me perguntou.

— Não sei quanto a você, mas quase morri de tédio hoje.

— O que você fez? — indaguei.

— Pintei um pouco. Liguei para os meus pais. Liguei para o meu irmão. Liguei para a casa da minha tia e apartei uma briga entre Tess e Tori por causa dos lugares onde elas dormiriam — enumerou ele. — Elas são gêmeas. Duas irmãs gêmeas de 13 anos com personalidades opostas. É uma delícia.

— Mas o que provocou a briga exatamente?

— Minha tia acomodou as duas no quarto com beliche, como sempre. E elas estavam discutindo para ver quem ficaria com a cama de baixo. Há 3 anos, a briga era para decidir quem ficaria com a cama *de cima*. Não entendo as garotas.

— Nós somos uma raça misteriosa — falei.

Josh riu, os olhos brilhando à chama das velas.

— Você deve ser ótimo como irmão mais velho. A maioria dos garotos que conheço nem se daria ao trabalho de interferir.

— Foi só uma tentativa de salvar o mundo de uma guerra nuclear — disse Josh. — Você tem irmãos ou irmãs?

— Só um irmão, Scott. Mais velho.

— Como ele é?

— Não tenho do que reclamar.

— E onde ele está passando o feriado?

— Na casa dos nossos pais — falei. — Aliás, se eu me importasse de verdade com ele deveria ter ido também. Embora tenha certeza de que Scott deve estar se saindo melhor por lá sozinho do que eu estaria sem ele.

— Clima complicado em casa? — indagou Josh.

Eu congelei. Como havia deixado escapar um detalhe desses? Minha situação em família nunca fora discutida com ninguém ali. Exceto com Thomas.

— Nada diferente das outras famílias — respondi, tratando de encher a boca de batatas em seguida.

Josh me fitou por um instante. Tive a sensação de que ele ia fazer alguma pergunta a respeito, mas em vez disso mudou de assunto.

— Mas então, quer fazer alguma coisa depois que terminarmos de jantar?

Olhei em torno para checar se alguém na mesa dos docentes havia escutado. Mas todos pareciam ocupados demais com os próprios pratos e a sua conversa em voz baixa.

— Sei lá... Como a gente iria driblar a Lattimer?

— É, ela parece mesmo vigilante feito uma águia — comentou Josh lançando um olhar para a preceptora do Billings. Ela estava cortando sua comida em pedacinhos minúsculos e levando-os aos lábios apertados com movimentos sincopados, precisos. — Mas nós podemos ir para o meu alojamento.

— Sem essa, o Sr. Cross com certeza ouviria algum barulho — falei. — Só tem você no prédio todo. A atenção dele vai estar totalmente focada.

— Reed, você já olhou para o sujeito? Ele tem uns 400 anos de idade. Com a quantidade certa de peru, vai estar desmaiado antes mesmo de conseguir chegar ao Ketlar.

Olhei por cima do ombro a tempo de ver o Sr. Cross erguer o guardanapo para limpar o molho do bigode. E em seguida servir-se de uma segunda rodada de peru. Já estava repetindo o prato.

— Acho que estamos com sorte então — falei com um sorriso.

Josh sorriu de volta.

— Parece que sim.

TRAVESSEIRO MACIO

— Espere aí. Então quer dizer que você nunca quebrou um osso? Nem unzinho? — perguntou Josh espantado enquanto caminhávamos para o Ketlar. — Como é possível?

O ar estava límpido e gelado e milhares de estrelas piscavam para nós lá do alto. Joguei a cabeça para trás e girei o corpo, sentindo uma embriaguez lânguida mesmo sem uma gota de álcool no sangue. Estava com o corpo tomado pela novidade do momento — andar no campus deserto daquele jeito, sentindo o prazer de ter degustado uma comida maravilhosa e de poder ter passado o jantar dando risada com Josh sem ninguém para ficar me espreitando. E havia ainda a expectativa pelo que poderia acontecer em seguida. Talvez nada. Talvez alguma coisa. Não queria pensar demais nesse assunto. Isso sempre parecia ter o poder de estragar as coisas.

— Equilíbrio perfeito, condicionamento de atleta, pavor de hospitais — respondi. — Por quê? Você já quebrou?

195

Abri os braços e rodopiei, curtindo a sensação do meu cabelo solto nas costas, a sensação de liberdade que estava experimentando ali. Saboreando cada instante dela.

— Se quebrei? Eu era um terror de garoto. Vivia caindo de árvores, de bicicletas, despencando escada abaixo. Se alguma coisa estava ao meu alcance eu acabava dando um jeito de cair de cima dela. Você precisava ver na vez em que quebrei o mindinho. O osso ficou espetado para fora, na lateral da mão. Ao ponto de fazer meu irmão passar mal. Foi muito doido — tagarelou ele, nervoso. Depois enfiou as mãos nos bolsos do casaco e estremeceu, balançando um pouco o corpo para a frente.

Comecei a me esforçar para não ficar sorridente demais. Estava deixando o cara tenso. Era óbvio que ele estava torcendo para que alguma coisa acontecesse ali. Seu comportamento frenético denunciava tudo.

— Até a mandíbula eu já quebrei! — anunciou ele como se isso fosse algum tipo de façanha.

— É mesmo? Como conseguiu?

— Essas coisas acontecem quando os pais arrastam crianças para casas de campo onde não há nada para fazer — explicou Josh. — Foi numa ida a Litchfield. Lynn e eu estávamos entediados, então resolvemos tentar quebrar a barreira do som no meu patinete Razor. Bastou uma pedra faltando na calçada para eu literalmente voar longe. E ir aterrissar bem em cima de um suporte para bicicletas. Uma dor lancinante. Lancinante! Fora que tive que ficar com a boca fechada e costurada tipo, para sempre.

A risada que explodiu do meu peito me fez parar de rodopiar e cair de lado em cima de Josh, quase derrubando nós dois no chão.

— Equilíbrio perfeito, sei. — Josh estava rindo também.

Por algum motivo, isso me fez dobrar o corpo e ficar sem fôlego. Era como se Josh estivesse me insuflando algum tipo de gás do riso. Nenhum cara tinha provocado isso em mim antes.

— Segura a onda, Brennan. Era para a gente estar numa missão secreta aqui, lembra? — provocou ele.

— É você que não cala a boca desde que saímos do refeitório — devolvi.

Ele me encarou por um instante, os olhos indo e voltando de dentro dos meus, indo e voltando, como se não tivessem certeza de onde pousar.

— É, você está certa. Desculpe. Eu vou parar de tagarelar agora.

— Não, não precisa — falei, levando uma das mãos até o braço dele. — Mas vamos falar baixinho daqui em diante.

— Bom plano, bom plano.

Ele estendeu a mão para abrir a porta e levou o dedo aos lábios, arregalando os olhos de um jeito cômico. Assenti fazendo força para não rir. Passamos pela entrada juntos e Josh segurou a madeira pesada da porta até ela estar fechada, garantindo um clique bem baixo do trinco. Do lado de dentro, ele apontou para o quarto do Sr. Cross e arregalou de novo os olhos em sinal de alerta. Passamos por ali bem depressa na ponta dos pés. No instante em que estávamos bem na frente da porta, o riso borbulhou no fundo da minha garganta. Espalmei a mão na boca. O que estava acontecendo comigo? O simples fato de andar às escondidas por aí tinha esse efeito hilariante? Quando fazia isso na companhia das Meninas do Billings eu nunca ficara desse jeito.

Mas obviamente nenhuma delas era fofa como o Josh, nem tinha um cheiro bom como o que eu sentia nele.

Resfoleguei alto.

— O que deu em você? — sussurrou ele.

E em seguida agarrou minha mão e saiu correndo.

Atravessar os 10 metros que faltavam para o final do corredor foi uma façanha que pareceu levar dez minutos inteiros. O Sr. Cross fatalmente apareceria a qualquer momento. Estávamos perdidos. Mesmo com o coração na boca, eu não parava de sorrir. Aquilo é que era diversão. Diversão de verdade. E quando dei por mim estávamos a salvo atrás da porta fechada.

— Desculpe, me desculpe — falei, sem fôlego. — Não consegui me controlar.

— É um perigo andar com você, sabia? — disse Josh, o peito subindo e descendo. E olhou por cima do ombro para a porta como se conseguisse enxergar através da madeira grossa.

— Você acha que Cross escutou a gente? — perguntei, me aproximando um pouco mais dele.

— Não, não, a esta altura ele já deve estar roncando.

Josh então virou o rosto na minha direção e nossos narizes roçaram. A hesitação durou uma fração de segundo. Um chiado perceptível de calor no ar. Eu praticamente conseguia ouvir o coração dele ribombando dentro da camisa. Minha mão subiu para tocar o seu peito de leve. Ele pregou os olhos nela como se estivesse se perguntando o que estava fazendo ali.

E então me agarrou. Envolveu meus dois braços nas suas mãos e me beijou. Com força. Com tanta força que cambaleei para trás contra a parede. Nossos corpos afastaram-se por um breve instante, mas logo em seguida ele partiu para cima de mim outra vez, me beijando como se a sua vida dependesse disso. Pressionando os lábios dele contra os meus. Eu não conseguia nem começar a pensar em retribuir o beijo. Aquilo estava errado. Muito errado, completa e absolutamente errado.

Thomas nunca havia me beijado desse jeito. Thomas fazia eu me sentir especial e linda a cada vez que nos beijávamos. Thomas...

Um soluço brotou da minha garganta. Eu não estava conseguindo respirar. Ergui a mão e empurrei Josh para longe.

— O que há? — perguntou ele, sem fôlego. — Tem alguma coisa errada? Isso que fizemos foi errado?

— Não! Desculpe, é que... me desculpe.

O que eu estava fazendo? Por que ele tinha ido embora? Nada fazia sentido. Eu estava aos prantos. As lágrimas rolando.

— Reed... Ai, meu Deus. Desculpe. Você está legal?

Segurei a barriga com as mãos e fixei os olhos turvos no carpete áspero das escadas. Dois minutos antes estava dobrando o corpo de tanto rir. Agora dobrava outra vez aos soluços. Eu só podia estar ficando maluca.

— Não, não estou legal — chorei.

— Caramba, eu não devia ter feito isso. Nós não devíamos... Caramba. Desculpe — disse Josh, passando os braços em volta do meu corpo para me ajudar a me erguer. Ele me levou para junto de si. — Shhhhh, está tudo bem — sussurrou no meu ouvido. Uma das mãos passou meu cabelo para trás do ombro e fez um carinho rápido nele, enquanto a outra me mantinha envolvida no abraço. — Tudo bem. Vai ficar tudo bem.

E ficou repetindo mais e mais vezes até eu finalmente parar de chorar. Até eu quase começar a acreditar nisso.

CONSTRANGIDA

No dia seguinte, acordei me sentindo uma idiota. Por que eu não conseguia manter minhas emoções sob controle? Até quando exatamente eu ficaria por aí feito uma bomba-relógio prestes a explodir? Eu não estava acreditando que tinha tido um ataque de choro bem no meio do meu primeiro beijo com o Josh. Tudo bem que não tinha sido perfeito, mas o cara ali comigo continuava sendo o Josh. O doce, o engraçado, o confiável Josh. Josh, que poderia vir a ser um namorado de verdade. Que já era um amigo de verdade. Ele não merecia ter sido tratado daquela maneira.

Sempre que pensava no assunto eu chegava a tremer de vergonha. Estava tão constrangida que nem apareci para o café da manhã. Fiquei no quarto de olho na caixa de entrada do meu e-mail e devorando bolinhos Drake's surrupiados do armário de Kiran, da sua falsa caixa de guloseimas. Eu estava me transformando numa saqueadora em série.

Por volta das 10 horas da manhã, decidi que já havia esperado tempo demais. Quanto mais tempo eu passava sem notícias de Taylor, mais a minha preocupação um tanto irracional começava a parecer bem racional. Digitei outra mensagem.

Para: taylor_bell@gmail.com
De: rbrennan391@aol.com
Assunto: Por favor?

Taylor,
    É sério agora, está me dando medo. Mande um e-mail. Por favor. Valeu.

Reed

Assim que apertei o botão de Enviar, meu celular tocou. Depois de um longo momento, durante o qual enfim consegui perceber que não estava no meio de um ataque do coração *de verdade,* estendi a mão para atendê-lo. O nome de Josh no identificador de chamadas me provocou um espasmo. Deixei cair na caixa postal.

Dez segundos depois, tocou outra vez. Josh. De novo. Mais um trabalho para a caixa postal. E, mais uma vez, o telefone começou a tocar logo em seguida.

Com um suspiro, atendi.

— Oi.

— Então três é mesmo o número mágico.

Minha boca se abriu num sorriso.

— O que está rolando?

— Eu é que vou rolar já, já. A bola de futebol — falou ele. — A questão é: você vem?

— O quê?

— Dê uma olhada pela janela — disse Josh.

Saí de perto da escrivaninha de Natasha para ir até a janela do quarto. Afastando a cortina, dei de cara com Josh na alameda lá embaixo, sorrindo para mim com uma bola na palma da mão. Ele estava usando um agasalho azul-marinho de capuz da Easton e calça de moletom. A visão mais convidativa da minha vida.

— Mas... você não está me achando uma louca?

— Não, não estou achando você louca. Se há algum louco nessa história provavelmente sou eu. Passei um pouco do limite ontem, e... eu não devia ter agido com tanta afobação.

O rubor tomou conta das minhas bochechas.

— Mas olha, acho que a gente devia esquecer o que houve. Será que podemos? — indagou ele.

Ai. Isso significava que ele estava com vergonha de ter me beijado? Que queria que aquilo nunca mais se repetisse? Porque, da minha parte, a ideia era não fechar aquela porta de vez. A gente só precisava ter um pouco mais de calma.

— E então... você quer jogar futebol — falei.

— É, pensei que a melhor maneira de superar a noite passada seria deixar você me dar uma surra em campo. Ande logo, Brennan, venha mostrar o que você sabe fazer.

O sorriso dele, mesmo a alguns andares de distância, era contagiante. E melhor ainda era a constatação de que, independentemente do rumo das coisas, estaria sempre tudo bem entre nós.

— Desço num minuto.

OMBRO AMIGO

O futebol era o elixir perfeito. Não só o futebol, na verdade. Mas o dia lindo e azul. A vista do campus que se descortinava do gramado. O ar frio nos meus pulmões. O esforço, o suor, os músculos das pernas queimando. E, claro, todo o ritual de desmoralizar o adversário. A troca de desaforos em campo sempre tinha um efeito terapêutico.

— E lá vem ela, roubando a bola *outra vez!* — gritei para Josh enquanto chutava a bola para longe dos seus pés, correndo atrás dela em seguida. — Achei que estivesse no time de futebol da escola, Hollis. Você é o maior perna de pau!

Josh correu aos tropeços no meu encalço. O garoto era veloz. Isso eu tinha que admitir. De algum jeito, conseguiu meter o corpo na minha frente para tentar evitar meu gol.

— Nunca falei que era um craque! — Estava ofegante. — Fico mais no banco, para ser sincero. O beisebol é que é mais a minha praia.

— Ah, então isso explica tudo. Capacidade aeróbica não faz muita diferença para quem só precisa ficar plantado na base, não é? — Parei e pus o pé em cima da bola. Josh apoiou as mãos nos quadris e inspirou fundo algumas vezes.

— Por que parou? Ficou com medo? — disse ele. Ou melhor, arfou.

— Não — respondi sorrindo. — Só estou tentando garantir que não vou precisar buscar o desfibrilador a qualquer momento.

— Ah, o que é isso? Vamos continuar — falou ele, sacudindo as mãos para mim sem muita força. — Vou roubar a bola de volta.

— É mesmo? Então vem — falei, erguendo as sobrancelhas.

Cruzei os braços sobre o peito e dei um sorriso. Josh olhou para mim. E de mim para a bola. E de volta para mim.

— Isso é sério?

— Muito. Desafio você a tirar essa bola de mim — respondi.

Josh deu de ombros e virou as costas.

— Então tá, se você não vai nem tentar dificultar as coisas...

Num instante, ele girou o corpo de novo e chutou na direção da bola. Mas meus reflexos de ninja estavam ativados. Simplesmente rolei o pé para trás, fazendo a bola deslizar em volta das minhas pernas e ir parar do outro lado. Josh ainda tentou recolher o chute e trocar a direção dele, mas em vez disso tropeçou e escorregou para a frente. Meus olhos se arregalaram. A sua perna varreu o chão na direção da minha e, quando dei por mim, já estava caindo junto. Para aprender a não me gabar dos meus reflexos.

E lá estava eu embolada no chão com Josh, o rosto virado para baixo. Nós dois retorcemos nossos corpos na tentativa de desfazer o nó, mas as pernas permaneciam irremediavelmente enganchadas. Meu coração começou a bater forte.

— Pelo jeito você vive mesmo caindo, não é? — observei, tentando me desvencilhar.

Josh virou de lado para me encarar. O peito dele a poucos centímetros do meu. Havia uma folha presa nos cachos do cabelo e uma listra marrom esverdeada marcando seu queixo.

— Se quer saber, fiz de propósito.

A força da gravidade virou do avesso quando ele inclinou o rosto para me beijar. Com todo cuidado. Suavemente. Respeitosamente. Docemente. Aquele sim, um beijo de verdade. Instigante e ao mesmo tempo reconfortante, como quando a gente mergulha num travesseiro macio. Como um encaixe perfeito. Ele acariciou meu rosto com as pontas dos dedos e apoiei a bochecha em seu bíceps quando fui retribuir o beijo. Sem nenhuma centelha de culpa, remorso ou comparação passando pela minha cabeça. Era só o Josh e a brisa fria e o aroma da grama cortada e das folhas caídas. Aquele sim, o nosso primeiro beijo.

— Hã, hã!

Foi como se uma mola afastasse o meu corpo de Josh. Tentei levantar correndo, mas acabei escorregando e caindo com a bunda de volta no chão. Com força. A menos de 20 metros de distância, estavam os três rostos não-tão-felizes do detetive Hauer, do chefe Sheridan e do diretor Marcus.

— Acho que eu devia ter montado uma agenda mais rigorosa para os alunos que a escola fez a gentileza de acolher neste fim de semana prolongado — disse o diretor. Ele parecia estar com frio. Com frio e cansado e aborrecido, e nos olhava com ar de acusação. Como se estivesse nos culpando pelo fato de estar com frio, cansado e aborrecido.

— Sinto muito, senhor — falou Josh, pondo-se de pé. Ele me estendeu ambas as mãos e içou meu corpo do gramado.

— Nós nos deixamos levar pelo o calor do momento. Não vai acontecer outra vez.

— Certamente que não — disse o diretor avançando na nossa direção. Os outros dois o seguiram. O detetive Hauer me olhava como se estivesse fazendo força para não rir, e mais que depressa tratei de pigarrear e desviar os olhos. Se o sujeito achava que havia algum laço de afinidade entre nós, ele estava enganado. Principalmente depois que eu o havia flagrado esgueirando-se atrás da minha amiga no escuro sabe-se lá por que motivo. Até que essa parte fosse explicada, estavam suspensas as trocas de olhares divertidos entre nós. — É melhor vocês dois passarem o resto do fim de semana separados. Vou informar a Sra. Lattimer e o Sr. Cross a respeito — concluiu o diretor Marcus.

— Sim, senhor — respondeu Josh.

— Sim, senhor — repeti.

— Sr. Hollis, o chefe Sheridan e o detetive Hauer precisam dar uma palavra com o senhor.

— Mais do que uma palavra, na verdade — corrigiu o chefe de polícia em tom austero. — Nós temos muito o que conversar.

Josh empalideceu por completo. Preguei os olhos em seu rosto esperando um olhar confirmando que ele estava tão atônito quanto eu. Mas não houve resposta alguma. Ele fitava o chefe de polícia fixamente.

— Por quê? Aconteceu alguma coisa? — perguntou Josh.
— Qual é o problema?

— Nada, Sr. Hollis. Nada que mereça a sua preocupação
— disse o detetive Hauer. — Mas agora que a história mudou
nós temos mais algumas perguntas a lhe fazer. Só para ter
certeza de que não deixamos escapar nenhuma pista.

— Procedimento de rotina, sabe como é — acrescentou
com frieza o chefe de polícia. — Você foi o último a ver
Thomas Pearson com vida, e estamos achando que pode ter
omitido algum detalhe...

— Eu não omiti nada — retrucou Josh, rápido.

Os três sujeitos olharam para ele como se tivesse acabado de lhes estender o dedo médio num gesto obsceno. Uma
estranha sensação de vazio tomou conta do meu estômago.

— Ou quem sabe *esquecido* algum detalhe — contemporizou Hauer.

— Ah, sim. Claro. — Josh finalmente lançou um olhar
para mim por cima do ombro, depois secou as mãos na
roupa. — A gente se vê à tarde, então.

— Achei que já havíamos conversado sobre isso — corrigiu o diretor.

— A gente se vê depois — falei com voz firme, na esperança de que essas cinco palavras lhe passassem algum
tipo de apoio e solidariedade. Dava para ver que Josh estava assustado, e eu detestava o fato de que ele precisava ir
embora sozinho com aqueles três. Era muito injusto que o
garoto ficasse na berlinda só por ter sido o companheiro de
quarto de Thomas. Desejei que houvesse alguma coisa que
eu pudesse fazer para ajudá-lo. Qualquer coisa.

— É, depois — disse Josh sorrindo de leve, e eu vi que ele havia captado a minha mensagem.

Enquanto se afastava, Josh chutou a bola de futebol para mim. Mesmo sendo bem alto ele parecia um garotinho, escoltado pelos policiais com a cabeça pendendo para a frente. Olhei de relance para o diretor Marcus.

— Eu a acompanho de volta ao Alojamento Billings, Srta. Brennan — disse ele num tom amargo.

Eu sabia que já houvera um momento da minha passagem pelo Billings, por mais breve que tenha sido, em que o diretor não fazia ideia do meu nome. E seria capaz de qualquer coisa para ter esse anonimato de volta.

UM TELEFONEMA

A Sra. Lattimer me mandou passar o resto do dia no quarto. Na hora do almoço, foi pessoalmente me buscar e levar até o refeitório. Josh não estava lá. Ela me acompanhou de volta. Essa precaução era obviamente desnecessária — não me passaria pela cabeça sair correndo rumo ao Edifício Hell atrás de Josh e da polícia —, mas preferi ficar de boca calada. Lattimer sorriu mais ao longo desses dois trajetos do que eu jamais a vira sorrir. Fazer uso de seus instintos de águia vigilante pelo visto era algo que deixava a mulher feliz.

Sozinha no quarto, eu não conseguia parar quieta. Josh não me saía da cabeça. Preocupada com ele. As especulações sobre que tipo de perguntas poderiam estar fazendo. O que mais ele poderia ter para dizer? Josh já havia sido interrogado várias vezes. Não era sua culpa se a polícia não estava conseguindo fazer seu trabalho e descobrir o que acontecera ao Thomas. Mal dava para acreditar que eu havia vindo para essa escola com o firme propósito de estudar, evoluir e garantir que jamais tivesse que voltar para Croton, Pensilvânia, depois de formada e agora passasse a maior parte do meu tempo preocupada com garotos. Onde eu havia errado?

E para alimentar ainda mais meus sentimentos de solidão e confusão mental, a resposta de Taylor não chegava. Quanto mais eu checava e rechecava o meu e-mail, mais desanimada ia ficando. Tudo indicava que seria preciso esperar a volta dela no domingo à noite para conversarmos, mas mesmo assim eu não iria desistir tão fácil. Escrevi mais um rápido apelo e o soltei no ciberespaço. Talvez ela enviasse uma mensagem de texto me mandando parar de perturbar. Pelo menos seria um sinal de vida.

Encurralada entre a situação de Josh e o sumiço de Taylor, eu já estava a ponto de enlouquecer às voltas com questões para as quais não tinha resposta — e portanto decidi me forçar a estudar. Assim que consegui abrir os livros e começar, a concentração voltou. Eu estava com muita matéria atrasada, e a cada item da lista que ticava como concluído era invadida por uma sensação palpável de realização. Podia haver maneira melhor de distrair a cabeça dos problemas de Josh do que me empenhar em escapar do naufrágio acadêmico? Certamente isso era melhor do que zanzar pelo quarto feito um bicho enjaulado.

O sol começou a baixar bem cedo no horizonte — como vinha fazendo todos os dias ultimamente — e acendi a luminária de mesa. O toque repentino do celular quase me fez grudar no teto de susto. E foi uma surpresa ver o nome de Noelle no identificador de chamadas.

— Alô? — fiz, afastando-me da escrivaninha.

— E aí, Reed, como vai a Sibéria?

— Tudo certo. — Forcei um risinho. — E Nova York?

— Continua sendo a mesma Nova York — disse ela. — Passei metade do dia na Bergdorf's vendo minha mãe experimentar calças.

— Uau, quanto glamour! — falei.

— Pelo menos o programa me rendeu uma bolsa nova.

Como se ela precisasse de mais uma. Noelle já tinha umas quinhentas bolsas enfiadas em cada canto vago do seu quarto.

— Mas e aí? Como é o jantar de Ação de Graças do refeitório? É difícil acreditar que qualquer coisa aconteça por lá sem a nossa presença.

Eu pisquei, surpresa. Então ela estava me ligando só para bater papo? E falar do que *eu* andava fazendo, ainda por cima? Noelle devia estar mesmo muito entediada. Ainda assim, fiquei comovida de verdade por ela ter escolhido telefonar para mim em vez de para... Bem, para *qualquer outra pessoa*. Eu me levantei, fui até a cama e me recostei nos travesseiros preparando-me para aquela que poderia se tornar a minha primeira ligação para jogar conversa fora com uma amiga. Mais uma das compensações por ter me tornado uma Menina do Billings.

E além do mais se a nossa conversa durasse tempo o bastante — e a fizesse baixar a guarda — eu talvez até tivesse a chance de perguntar alguma coisa sobre Taylor. De descobrir qual havia sido o motivo da briga entre as duas, afinal, e se Noelle sabia mesmo sobre a partida antecipada da outra.

— Não é nada mau, para falar a verdade, mas o dia de hoje foi meio chato — contei a ela.

— Por quê? O que houve?

— A polícia veio buscar Josh para mais um interrogatório — expliquei. — Pelo que ouvimos deles parece que a investigação voltou à estaca zero.

— E eles acham que o Josh pode saber de alguma coisa? — indagou Noelle, parecendo muito alerta de repente.

— Sei lá. Disseram que talvez ele tenha esquecido de algum detalhe que possa ser útil — falei, sentindo o coração apertar. — Ou melhor, na verdade insinuaram que ele podia ter deixado de contar algo intencionalmente.

Silêncio. Eu estava esperando uma piadinha sarcástica, uma risada ou algum tipo de reação. E só tive o silêncio.

— Noelle?

— E então, o quê aconteceu?

— Não faço ideia. Não vi Josh o dia inteiro — respondi.

— Caramba, imagina se eles seguraram ele lá para um *dia inteiro* de interrogatório?

— Você parece um pouco preocupada demais — observou Noelle num tom repentinamente astuto.

Essas palavras me fizeram corar, e fiquei feliz por estar fora do campo de visão dela. Uma parte de mim teria adorado fofocar com uma amiga ao telefone sobre minha nova paixão. Mas depois da experiência com Constance eu havia aprendido que esse tipo de coisa nem sempre acaba bem. Não queria me arriscar a ouvir nenhum comentário negativo a respeito. Não enquanto ainda estremecia a cada vez que lembrava do nosso beijo.

— É que estou sem mais nada para pensar por aqui — falei sem demonstrar emoção alguma. — Espero que esteja tudo certo com ele.

— Fique tranquila, ele vai se sair bem — disse Noelle.

— Sei, mas...

— Pode acreditar em mim. Se existe alguém capaz de lidar numa boa com um interrogatório, esse alguém é Josh Hollis.

Eu congelei.

— O que você quer dizer com isso?

Mais um silêncio.

— Nada de mais. É só que, bem, você conhece o Josh. Ele é o sujeito mais maduro de toda a Easton — respondeu Noelle, rápida. — Mais até que a maioria dos professores.

Ela queria me fazer rir, dava para perceber. Mas eu não estava conseguindo. Não estava conseguindo me livrar da sensação de que havia algo nas entrelinhas daquele seu comentário.

— Noelle...

— Espere aí. — Ela cobriu o telefone com a mão e a ouvi gritar algo, sem distinguir as palavras. Um instante depois, voltou à linha. — Preciso desligar, Reed. Já estamos atrasados para a rodada de drinques antes da ópera. É um tipo de tradição familiar. Mas vejo você no domingo.

— Espere só um instante.

— Reed, não fique procurando significado oculto em cada coisinha que acontece. Só falei por falar. — Aquele tom condescendente de Noelle sempre fazia eu me sentir como se tivesse 5 anos. — Você vai se encontrar com Josh na hora do jantar e ver que está tudo certo.

Dei um suspiro. Ela estava com pressa e eu sabia que não iria obter mais nenhuma informação.

— Tomara que sim.

— Tenho que ir — disse Noelle. — Até mais.

E desligou.

Os livros estavam sobre a mesa, prontos e à espera, mas de repente a simples ideia de levantar da cama já me deixou exausta. Eu me aninhei no travesseiro e decidi que iria ficar ali esperando até Lattimer aparecer para a próxima ida ao refeitório. Esperando e alimentando meus pensamentos obsessivos.

CONSTATAÇÃO

Sobre uma coisa Noelle estava certa: eu vi mesmo Josh na hora do jantar. Ele entrou no refeitório meia hora depois de todo mundo, acompanhado do Sr. Cross e com uma aparência péssima. A pele parecia a de um boneco de cera, as feições cansadas e os cachos precisavam desesperadamente de uma boa hidratação.

Sim, esse foi o primeiro pensamento que me ocorreu ao bater os olhos nele. Pelo visto, surrupiar coisas do quarto de Kiran estava servindo para de algum jeito infiltrar em mim a visão de mundo da garota.

Mas no instante seguinte fui tomada por uma onda de raiva quase sufocante. Por isso tudo estar acontecendo. Por estarem nos obrigando a ficarmos afastados. Por Josh estar enfrentando aquele inferno. Porque as coisas nunca podiam ser simplesmente normais para nós.

Endireitei o corpo e flagrei Josh me fitando de relance pelo canto do olho. Um único olhar carregado com mais raiva e medo do que eu sequer era capaz de entender. Ele disse algumas palavras para o Cross, houve uma discussão entre os dois, e por fim o preceptor suspirou e pressionou os lábios um no outro em sinal de desaprovação. E assentiu. Josh caminhou para longe dele tão depressa que era como se estivesse sendo empurrado.

— Oi — falei, levantando para cumprimentá-lo.

Estava me sentindo totalmente exposta. Com o rosto vermelho. Conseguia perceber cada sentimento queimando, lutando para ser expressado. Minha vontade era só abraçar o Josh, mas os olhos de todos os presentes estavam colados em nós. Como se de uma hora para outra tivéssemos nos transformado nas ovelhas negras do corpo estudantil.

— Oi.

O diretor Marcus nos fuzilou com os olhos depois que o Sr. Cross foi cochichar-lhe algo ao ouvido. Meu coração ribombava numa mistura de raiva e apreensão. Decidi me ater só à raiva e sustentei o olhar do diretor.

Experimente me enfrentar.

Ele desviou os olhos.

Josh desabou na cadeira à frente da minha e enterrou o rosto entre as mãos. Meu arroubo murchou e me sentei também.

— Você está bem? — sussurrei.

— Não. Para falar a verdade, não. — Josh deixou o braço cair sobre a mesa e o barulho do vidro do relógio de pulso contra o tampo me fez dar um pulo. Àquela distância, eu podia ver como seus olhos estavam injetados, as pupilas imensas. — Eles passaram o dia todo no meu pé, me fazendo repassar os acontecimentos daquela noite de novo e de novo sem parar, como se esperassem que em algum momento eu fosse desabar ou coisa parecida.

— Mas não estão achando que você está envolvido de algum jeito com o que aconteceu, estão?

Sentia meu coração batendo logo atrás dos meus olhos. Eles não podiam estar achando uma coisa daquelas. Não era possível. Josh era a pessoa mais bacana, decente e bondosa naquele poço de psicose egoísta e superprivilegiada chamado Easton. Se Hauer e Sheridan achavam que ele podia ter algum envolvimento com a morte de Thomas era melhor os dois trocarem urgentemente a carreira policial por algum trabalho que não exigisse o mínimo de intuição ou conhecimento da mente humana.

— Não. Acho que não. Não sei. — Josh pressionou as bases das mãos contra os olhos. Eu nunca o tinha visto naquele estado. — Parece que eles concluíram que se eu não tinha contado que Thomas estava vendendo drogas só posso estar escondendo mais alguma coisa também. E ficam me pressionando e pressionando, *sem parar*. — As últimas palavras foram ditas entre dentes, com as mandíbulas tão apertadas uma contra a outra que pareciam a ponto de se despedaçar. Ele baixou as mãos de novo e estendi as minhas para uma delas, segurando seus dedos entre os meus.

— Isso não faz sentido. Todos os alunos da escola sabiam que Thomas estava metido com venda de drogas e ninguém disse isso à polícia. — Uma interpretação meio exagerada dos fatos, talvez, mas não muito distante da verdade. E tenho tendência mesmo a exagerar sempre que estou emocionalmente alterada. — Se é por isso, todos nós deveríamos estar sob suspeita.

Josh deixou escapar um suspiro.

— Tem razão. Mas eles só estão suspeitando de mim.

Eu queria fazer alguma coisa, mas não tinha ideia do quê. Queria dizer algo, mas não sabia que tipo de argumento poderia ajudar. A sensação era de estar sendo feita em pedaços.

Aquela era a definição viva de *injustiça*. Josh era uma boa pessoa. Uma pessoa que se preocupava com os amigos e tentava agir da melhor maneira, e agora ele estava ali todo angustiado, atormentado e assustado. E por quê? Porque havia tentado proteger o amigo *errado*. Havia tentado proteger um traficante de drogas mentiroso e calculista.

— Eles vão ter que parar — eu me ouvi dizer. — Cedo ou tarde, terão que admitir que você não sabe de mais nada e parar com isso.

Josh cruzou os braços sobre a mesa e apoiou o queixo neles. Com os dedos, ele puxou as pontas da manga do suéter por cima das mãos como um garotinho tentando se proteger do frio. Parecia tão pequeno ali. Tão amedrontado. Nós trocamos um longo olhar, e eu podia ouvir nossos corações batendo juntos num mesmo ritmo frenético — um ritmo cheio de raiva e confusão.

— Caramba, tomara que você esteja certa. Eu não iria aguentar passar por isso de novo. — Josh estava quase chorando. — Não iria aguentar mesmo.

— Eu sei.

Eu estava a ponto de bater em alguém. Em qualquer pessoa.

Ora, mas a quem queria enganar? Eu sabia muito bem em quem queria bater. Espancar. Socar até ficar sem forças ou até acabar com a raça do sujeito, o que viesse primeiro. O único problema era que esse cara já estava a sete palmos do chão.

— Vai ficar tudo bem — falei, na falta de qualquer outra frase coerente para dizer.

— Espero que sim. — Josh estremeceu de leve e apertou minha mão. — Espero mesmo.

E nesse momento odiei Thomas Pearson. Vivo ou morto, senti ódio por ele.

A ARTE DA DISTRAÇÃO

Caminhei de volta para o Billings naquela tarde de domingo para me deparar com um burburinho de vozes, risos e gritinhos ocasionais. Quando fechei a porta atrás de mim, tinha um sorriso nos lábios. As Meninas do Billings estavam de volta e era como se tivessem passado dois meses sem se ver.

Bastou uma passada rápida de olhos para eu constatar que Taylor não estava presente na festinha de reencontro que se formara no saguão do alojamento. Cumprimentei o grupo, que incluía as Cidades Gêmeas, Rose, Cheyenne e algumas outras, e subi para deixar minhas coisas no quarto. Noelle, Ariana, Kiran e Natasha viraram as cabeças para me olhar quando abri a porta. Houve um breve instante de silêncio, como se tivessem ficado surpresas por me ver chegar ao meu próprio quarto.

E nada de Taylor. Estavam todas lá, menos ela.

— Reed! E aí?

Natasha afastou-se das outras para me abraçar. Estava totalmente radiante.

— Como *você* está? Como foi o seu feriado?

— Foi... tudo bem — falei. — E o seu?

— Legal — disse ela, dando de ombros. — Fui ver a Leanne.

Ah. Era daí que vinha aquele brilho todo.

— Reed! — Kiran aproximou-se desfilando seu elegante tubinho e os saltos pretos e estalou beijinhos no ar perto das minhas bochechas. Ela estava perfeitamente penteada, manicurada, maquiada e depilada, e havia adotado um perfume novo durante os dias de folga — alguma fragrância floral suave. Não parecia mais irritada por causa da nossa última conversa. Infelizmente, o mesmo não podia ser dito sobre mim.

— Como ficaram as coisas por aqui sem nós? — perguntou Ariana enquanto me abraçava de leve.

— Um pecado de tão entediantes, imagino — ofereceu Noelle.

— Pecados nunca são entediantes — interveio Kiran.

Noelle forçou um sorriso.

— *Touché.*

— Muito bem, agora chega de conversa mole — disse Kiran. — Vamos aos presentes!

— Presentes?

Ela virou-se para pegar uma enorme sacola de compras preta do chão, erguendo-a pelas alças penduradas em seu polegar.

— Pra você — anunciou. — Por ter suportado quatro dias inteiros sozinha na Easton.

Eu estava em choque. Essas garotas aproveitavam qualquer pretexto para comprar coisas? E por que eu tinha a nítida impressão de que o tal presente era mais algum tipo de pedido de desculpas/suborno?

— O que é? — perguntei.

— Abra! — exclamou Kiran.

— Vocês não precisavam ter feito isso — falei, pegando a sacola da mão dela. Era pesada. Puxei lá de dentro uma grande caixa reluzente, e Natasha pescou a sacola no ar antes que ela caísse no chão. Pousei a caixa na minha cama e ergui a tampa. Um aroma muito puro e distinto emanou das camadas de papel de seda. O perfume da riqueza. Com cuidado, eu fui desdobrando o papel e congelei. Dentro da caixa havia um casaco preto de cashmere forrado de seda. Na etiqueta, uma palavra bordada: DIOR.

Natasha deu um assovio.

— Kiran...

— Não é uma coisa? — perguntou ela, arrancando o casaco da caixa. Ela o segurou contra o próprio corpo e rodopiou. — Quando bati os olhos nele soube que tinha que ser seu. Você não pode continuar andando por aí com aquele trapo azul surrado.

Trapo azul surrado. A mais nova descrição para o casaco que meu pai comprara na Land's End para me dar. Uma parte de mim se sentiu ofendida, mesmo que no fundo eu concordasse com Kiran. Meus trajes de frio não combinavam com os das outras Meninas do Billings e nem com os de ninguém mais na Easton, exceto talvez com os de Kiki, que insistia em circular pelo campus metida numa parca preta bufante com capuz debruado de pele que a fazia ficar parecida com um salsichão de peruca. De qualquer maneira no caso dela eu podia detectar um traço de rebeldia, enquanto o meu casaco azul dizia apenas uma coisa: classe média.

— Obrigada, Kiran — falei quando ela me entregou o casaco. — Eu adorei.

— Agora é minha vez — anunciou Ariana.

Todas haviam me trazido presentes. Ganhei uma echarpe vermelha de seda de Ariana, um par de óculos escuros Coach de Noelle e, de Natasha, um livro: *Uma vida interrompida.*

— Você comprou um livro para ela? — perguntou Noelle, olhando como se eu tivesse na mão um monte de caca de cachorro.

Natasha a ignorou.

— Vai ajudar. Pode acreditar em mim. Talvez você ache a história um pouco esquisita no início, mas o livro é bom.

Eu abri um sorriso.

— Obrigada. Mas vocês não precisavam ter feito isso. Não mesmo, meninas. Não sei por que tiveram essa ideia.

— Em Nova York, a única coisa que se tem para fazer é ir às compras — disse Noelle.

Claro, sei.

— Em Atlanta tem mais coisas, mas eu já fiz todas — acrescentou Ariana com um leve sorriso.

Despejei a montanha de coisas na cama e enganchei os polegares nos bolsos traseiros do jeans. Não podia mais ficar fugindo da pergunta óbvia.

— Mas então, cadê a Taylor?

Todas se entreolharam de uma maneira que fez os meus braços ficarem completamente arrepiados. Tipo: *Você quer contar a ela ou eu faço isso?* Por fim, Ariana assumiu a missão.

— Reed, Taylor não vai mais voltar para a escola.

Meu cérebro rodopiou.

— O quê?

— Ela vai ficar afastada por um tempo — informou Ariana. — Está precisando descansar.

A última palavra foi dita num sussurro e acompanhada de um franzir do nariz. Como se, de alguma forma, ela considerasse aquilo desagradável de se dizer de algum jeito. Lancei um olhar para Kiran, que parecia muito entretida brincando com a minha echarpe nova.

— O que diabo isso quer dizer? — indaguei.

— Ai meu Deus, Reed, o que Ariana está tentando explicar é que a Taylor surtou, entende? — disparou Noelle. — A garota não suportou a pressão toda e acabou desabando. O que não é uma coisa muito rara de acontecer por aqui.

— Os pais conseguiram vaga para ela numa *instituição* — sussurrou Ariana. Mais nariz franzido. — Nada muito drástico, só uma espécie de retiro num spa. Até que ela consiga se recuperar.

— Esperem aí, esperem aí. Isso não faz o menor sentido — intervim. — Taylor não estava *sob pressão* coisa nenhuma. Ela não precisava nem estudar para tirar A em tudo. Taylor estava *ótima*.

— Como é? *Ótima?* — retrucou Noelle. — Por acaso você não reparou nas choradeiras constantes e no ar permanente de quem estava à beira do colapso?

Eu pisquei. Tudo bem. Argumento válido. Mas eu achava que Taylor só andava meio abalada por causa da morte de Thomas e da história toda com o tal curso de verão em Harvard. Será que isso havia bastado para derrubar a sumidade intelectual da Easton e garantir-lhe uma temporada em uma "instituição"?

— Ela vai ficar bem — anunciou Kiran. — Só precisa de um tempinho longe daqui. Aposto que semestre que vem já a teremos de volta.

— Com toda a certeza — disse Ariana em tom solidário.

— Bem, e posso entrar em contato com ela de algum jeito? — insisti. — Tentei enviar alguns e-mails.

— Eles procuram deixar você isolada do mundo exterior nesses lugares. Para que o foco fique concentrado só na recuperação, você entende? — explicou Natasha. — Provavelmente ela não vai poder responder suas mensagens por enquanto.

Então visualizei Taylor numa camisa de força, trancada numa cela de paredes acolchoadas e com o olhar fixo para o nada. Não era possível. A garota parecia perfeitamente bem quando saiu do alojamento. Como algo assim podia ter acontecido?

— Por algumas semanas pelo menos — acrescentou Noelle.

— Mas... mas eu...

— Escute, Reed, Taylor não vai voltar. Trate de se acostumar com essa ideia — disse Noelle, firme. E em seguida sorriu. — Mas *nós* estamos aqui. E *eu* acho melhor falarmos de outra coisa agora!

— Como dos seus presentes maravilhosos, por exemplo! — bradou Kiran. Ela sacou o casaco Dior e o ajeitou nos meus ombros, dando um passo atrás para admirar o conjunto. — Agora, sim. *Isso* é que é um casaco!

Passei os dedos pelo tecido luxuoso com os pensamentos distantes. Por que todas estavam agindo de um jeito tão *blasé* com relação àquela história? Taylor era parte do grupo — era uma de nós. Ou talvez fosse mesmo só exagero da minha parte. Talvez não fosse nada grave, afinal. Quem sabe esse tipo de coisa realmente acontecesse *o tempo todo* no mundo delas. A julgar pela forma como todas apressaram-se em mudar de assunto, esse parecia ser o consenso geral.

Kiran me agarrou e puxou para a frente do espelho de corpo inteiro.

— Veja só como você está!

— Faltou isso! — Noelle lhe passou os óculos.

Kiran os ajeitou no meu rosto. Instantaneamente, fui transformada numa dessas *fashionistas* deslumbrantes que estão sempre saindo na capa da *US Weekly* e da *People*. Parecia uma estrela de cinema querendo despistar os paparazzi.

— Já sei — disse Natasha, e amarrou a echarpe dada por Ariana em torno da minha cabeça de um jeito que deixou a maior parte da testa e dos cabelos cobertos.

— Meu Deus, é a Sienna Miller — falou Kiran.

— Ora, por favor — zombei.

— Você está mesmo parecendo uma celebridade — disse Ariana.

— Se passasse por um saguão de aeroporto desse jeito todo mundo iria atrás para pedir autógrafo — acrescentou Noelle. — Só para você ter uma ideia de como está igualzinha a uma celebridade.

Aquelas garotas pareciam mesmo determinadas a levar o assunto para o mais longe possível da conversa sobre Taylor. E, mesmo ciente de que eu não iria conseguir esquecê-la por completo, também sabia que jamais conseguiria fazer com que falassem se elas não quisessem. Então respirei fundo e decidi deixar o barco correr solto. Por enquanto.

— Querem saber do que ela está precisando *mesmo*? De um perfume que seja a sua assinatura pessoal — interveio Kiran.

— É mesmo?

Eu jamais tivera um vidro de perfume só meu. Mas de alguma forma me agradava a ideia de que as pessoas soubessem que Reed Brennan tinha uma fragrância que era exclusivamente sua. Soava como algo que uma garota sofisticada teria — uma Menina do Billings. E também algo de que um garoto gostaria. Como Josh, por exemplo.

— É isso mesmo! — Ariana parecia exultante. — Vamos ver o que conseguimos encontrar lá no nosso quarto.

— Como é que vai ser o meu perfume pessoal se for algo que vocês usem também? — indaguei, tentando entrar no espírito da brincadeira.

— Ora, tenho uns dez vidros de porcarias que não uso mais — disse Noelle enquanto se levantava. — Vamos lá.

Então meu perfume exclusivo viria de dez vidros de porcarias rejeitadas? Parecia apropriado. Suspirei com um sorriso enquanto acompanhava o resto do grupo para fora do quarto. Esquecidos todo o drama e as intrigas até segunda ordem, era bom tê-las de volta.

NORMAL DE VERDADE

— Nós precisamos fazer alguma coisa normal — anunciou Josh.

Ele estava sentado ao meu lado na mesa do jantar de domingo, quase se parecendo com o bom e velho Josh outra vez. Tudo indicava que a polícia havia decidido lhe dar uma folga hoje. Por isso as pupilas estavam com seu tamanho normal e não havia mais sinal daquele nervosismo de coelho acuado.

— Defina "normal" — disse Kiran, pondo de lado seu exemplar da revista *W*.

— A gente podia fazer *base jumping* pulando do telhado da capela — sugeriu Gage.

Eu tive noventa e nove por cento de certeza de que o cara estava falando sério.

— Ninguém pode fazer *base jumping* do telhado da capela — falou Ariana.

Pela expressão no rosto de Gage, era como se Ariana tivesse insultado a sua masculinidade.

— E por que não?

— Porque você seria empalado pelo Big Bubba antes mesmo do seu paraquedas abrir — falei.

Natasha resfolegou de rir enquanto continuava digitando mensagens no seu BlackBerry, o que vinha fazendo sem parar desde que chegara de volta à escola.

— Ei, está aí uma coisa que eu gostaria de ver.

"Big Bubba" era o apelido de um carvalho imenso que ficava próximo da capela. Uma placa na base do tronco informava que fora plantado ali em memória de Robert Robertson, da turma de 1935. E em algum momento muito anterior à minha chegada à Easton alguém batizara a árvore como Big Bubba. Bubba devia ser o apelido de Rob Robertson, eu supunha. Você certamente precisaria de um bom apelido se por acaso seus pais decidissem chamá-lo de Rob Robertson.

— Eu estava falando de algo normal de verdade — disse Josh, puxando a cadeira para mais perto da mesa. — E não normal do tipo "pode acabar rachando a sua cabeça ao meio" ou "vou vomitar na comida chinesa do meu amigo quando isto tudo acabar".

— Ei, mas isso aí só aconteceu *uma vez*! — protestou Gage.

Noelle e alguns outros deram risada. Era uma daquelas piadas que só eles tinham como entender. E havia muitas dessas. Tantas que eu já estava começando a me acostumar.

— Portanto, algo do tipo normal *chato* — falou Dash.

— É, normal de verdade. — Josh assentiu confirmando.

— Acho uma boa ideia — falei. — Normal de verdade anda em falta por aqui ultimamente.

Os olhos de Josh cintilaram quando ele me fitou.

— Obrigado.

— Não tem de quê — falei, corando.

Josh passou a mão para baixo da mesa e correu o nó do dedo indicador pela costura lateral do meu jeans. Senti um formigamento correr pelo meu corpo todo. De repente, só conseguia pensar em beijá-lo outra vez. Em beijar sem ser interrompida por três cães de guarda determinados a infernizar as nossas vidas. Ou, tipo, pelas minhas próprias explosões de lágrimas. E de alguma maneira, pelo que vi nos olhos de Josh, eu soube que ele estava pensando a mesma coisa.

Mas quando? Onde? Por quanto tempo...?

Tudo bem, sem ar agora.

Quando voltei a erguer os olhos, Noelle me encarava. Congelei por um instante, assustada, e quando notei que ela não desviaria os olhos desenvolvi um interesse súbito pelos legumes que tinha no prato. Qual era o problema dela comigo *agora*?

— Mas então, o que você está a fim de fazer? — Dash finalmente perguntou.

— Sei lá... Gage, seu pai não consegue nenhum filme para nós? — indagou Josh.

Todos pareceram animados com a ideia.

— Há séculos não vejo um filme novo — disse Ariana num tom desejoso. Sempre que ela ficava assim, seu sotaque sulista se fazia notar mais.

— Não, eles só começam a aparecer lá para dezembro — respondeu Gage.

— O pai do Gage trabalha "na indústria" — me explicou Kiran, desenhando preguiçosamente as aspas no ar. — Ele é um dos votantes da Academia, então recebe todos os lançamentos do cinema em DVD enquanto eles ainda estão em cartaz. Para poder, você sabe, "assisti-los". — E mais aspas no ar.

— Ah, isso seria bem legal — disse eu, imaginando o que exatamente o pai de Gage faria na "indústria". Será que Gage já vira alguma celebridade de perto? Eu duvidava. Porque, conhecendo o cara, se ele por acaso tivesse conhecidos famosos, o mais provável é que fizesse questão de citar seus nomes a cada oportunidade que arranjasse.

Josh roçou os dedos pela minha perna outra vez e um calorão subiu pelo meu pescoço até chegar às têmporas. Disfarçadamente, passei a mão direita para baixo da mesa e toquei de leve na dele, fazendo-o parar. Se continuasse com aquilo ele ia me fazer derreter. Mas em vez de afastar a mão ele enroscou o mindinho no meu e manteve nossas mãos enlaçadas em cima da minha coxa. Virei para ele com um sorriso bobo nos lábios, apoiando a cabeça na mão esquerda e jogando o cabelo para esconder o rosto do resto da mesa.

E o riso que brotou dos lábios dele foi igualmente bobo.

— Não acho que a gente seja capaz de nada normal nesta escola — anunciou Noelle meio alto demais.

Joguei o cabelo para trás para encará-la, o coração aos pulos como se acabasse de ter sido flagrada dormindo no meio da aula.

— Você está mesmo sem sorte, Hollis — acrescentou ela, falando com ele, mas sem tirar os olhos de mim. — Por aqui, só se veem coisas estranhas.

O CEMITÉRIO ARTÍSTICO

A mensagem de texto dizia: VEJO VC NO SL PR DPS DA AULA. J

E pronto. Só isso. Mas foi o que bastou para me deixar eufórica o dia inteiro. Minha pele formigava de curiosidade e apreensão quando me aproximei do Edifício Mitchell, o grande prédio de tijolos bem no centro do campus que abrigava o Salão Principal — onde havíamos organizado a homenagem/desastre etílico de Thomas — e mais algumas salas e espaços de reunião. Olhei de relance para trás antes de abrir a imensa porta de vidro. Do lado de dentro, o ar estava morno e parado.

— Josh? — sussurrei.

Assim que pus os pés na passadeira decorada com motivos orientais, ouvi uma voz feminina.

— Esse evento de arrecadação de fundos é um dos mais importantes do ano!

Passos curtos aproximaram-se pela minha direita. Meu coração saltou para a boca, arrastando-me corredor abaixo até um dos recuos das muitas portas. Os antigos diretores me olhavam com ar severo de dentro das suas molduras douradas. O som de passos continuava se aproximando.

— Não aceito nada além de ramos frescos de azevinho e abetos. E nem me venha com aquelas plantas horrorosas do ano passado.

A Sra. Lewis-Hanneman, secretária do diretor Marcus, passou por mim com o celular colado à orelha. A carreira que eu fizera até Easton passou num flash diante dos meus olhos. Se ela virasse a cabeça um milímetro que fosse me flagraria ali, onde definitivamente eu não deveria estar. Por que eu vivia aprontando essas coisas? Será que alguma parte sádica do meu ser *queria* me ver de volta a Croton?

— Não... não! Isso é inaceitável! Achei que tinha sido perfeitamente clara!

Nossa, a mulher estava espumando de raiva. Empurrou uma porta no final do corredor e então olhei bem para ela. O comentário que Kiran havia feito na casa dos pais de Thomas fazia sentido. A Sra. Lewis-Hanneman tinha mesmo um corpo bem-feito, provavelmente cultivado com sessões diárias de *iogalates* ou coisa parecida. E o cabelo louro-escuro, preso num coque, brilhava sob a luz indireta do interior do prédio. Mas será que ela tivera mesmo um caso com Blake Pearson alguns anos antes? Bem-conservada ou não, que tipo de adulto se envolveria sexualmente com alunos de colégio?

Com uma batida da porta, ela desapareceu. Eu estava prestes a voltar a respirar quando a porta atrás de mim se abriu e a gravidade fez o seu trabalho. Caí para trás, o estômago subindo feito um balão. Alguém me aparou em seus braços.

— Reed Brennan! O que, em nome dos céus, você faz por aí caindo dentro de salas onde não deveria estar? — Josh estava sorrindo para mim.

— Assim você me mata de susto! — gritei num sussurro, e dei um tapa no braço dele enquanto endireitava o corpo. Cada centímetro da minha pele estava latejando agora, recusando-se a reagir ao fato de o perigo já ter passado. Ajeitando meu casaco Dior, corri os olhos pelo recinto. Pela sua forma circular, eu percebi que devíamos estar dentro de uma das quatro torres que marcavam cada canto da construção. A luz fraca vinha de algumas luminárias com cúpulas de vidro verde, e as duas janelas altas estavam praticamente vedadas por cortinas grossas. Mas o que mais chamava a atenção na sala eram os quadros. Cada espaço livre das paredes estava coberto por molduras de todos os tamanhos contendo retratos, paisagens, pinturas abstratas, naturezas-mortas. Quase não se viam brechas entre um quadro e outro.

— Que lugar é esse? — perguntei, avançando na direção de uma linda tela com redemoinhos amarelos e alaranjados.

— O cemitério artístico — explicou Josh. — As pessoas vivem doando obras de arte para a escola, e como eles nunca teriam espaço para manter todas em exposição, a maioria vem parar aqui.

— Sério? Mas que desperdício! — comentei.

— Bem, uma parte do acervo vê a luz do dia de vez em quando — falou ele, digitando algo num laptop aberto sobre a mesa baixa que ficava entre dois sofás de encostos arredondados, os únicos móveis da sala. E virou a tela na minha direção. — Há uma lista dizendo quem doou o quê. Assim, se Sir Cornelius Mosley resolve ligar para dizer que está vindo tomar um chá com o diretor, alguém corre para buscar o seu valioso Manet e pendurá-lo na sala de visitas.

— Caramba! — Passei por ele e dei uma olhada na lista interminável. — Mas... Por que estamos aqui?

— O Sr. Lindstrom é um velho amigo da minha mãe, então ele me deixa ajudá-lo com o acervo. Minha tarefa é manter a lista atualizada e garantir que todos os quadros sejam devolvidos aos seus devidos lugares, e para isso tenho a chave da sala — explicou Josh, puxando com o polegar um chaveiro do bolso da calça.

— Isso explica por que *você* está aqui — concluí, me virando para encará-lo. — Mas o que *nós* estamos fazendo aqui?

Só que eu sabia exatamente o que era. Não poderia estar mais óbvio. Conseguir privacidade na Easton era tarefa difícil. Uma sala sem movimento e com tranca num canto remoto do campus parecia algo quase bom demais para ser verdade.

Josh abriu um sorriso devagar.

— Acho que estava querendo impressionar você. E aí, ficou impressionada?

— Ah, muitíssimo. De verdade. O guardião do cemitério artístico, é? Puxa vida! — brinquei, entrelaçando as mãos sob o queixo.

— Não com isso, sua tonta. — Josh agarrou a pala do meu casaco e me puxou mais para perto. — Com o fato de existir uma sala no campus à qual só eu e mais outra pessoa temos acesso.

Meu coração batucou uma cadência adorável quando passei os braços em volta do pescoço dele.

— Ah, *isso* sim é mesmo impressionante.

— Foi o que pensei.

Josh sorriu antes de inclinar o rosto para me beijar. Tudo se agitou dentro de mim quando a língua dele procurou a minha, suas mãos envolvendo meu rosto. Ficamos ali pelo que pareceu um longo tempo. Beijando, tocando, descobrindo delicadamente um ao outro. Muito devagar, ele desabotoou meu casaco e deixei aquela peça ridiculamente cara de alta-costura cair no chão. Eu estava o tempo todo muito consciente da presença do sofá logo ao lado e quando comecei a sentir dor nas pernas por ficar tanto tempo na mesma posição dobrei o joelho e puxei Josh para o estofado junto comigo.

— Nós não precisamos fazer nada. — Josh estava ofegante, com os lábios inchados e rosados. E ligeiramente trêmulo. — Só queria ver você. Só isso.

— Eu sei, eu sei — falei. Nesse momento, sentia mais confiança em Josh do que em qualquer outro sujeito que já tivesse colado os lábios aos meus. — Vamos... vamos só deixar rolar e ver o que acontece.

E deixamos. E tudo o que aconteceu foi doce e puro e perfeito.

SEMELHANÇA

O que o Josh está fazendo agora? Será que está pintando? Estudando? Será que está sentado na cama fingindo que lê algo mas na verdade perdido em lembranças dos momentos que passou comigo?

Olhei o texto de história aberto à minha frente e sorri para mim mesma. Estava ficando completamente idiota por causa desse cara — e não dava a mínima para isso. Principalmente agora que Natasha estava no andar de baixo e não aqui para *flagrar* aquele sorriso sem motivo nos meus lábios.

Senti uma pontada de culpa chegando e me preparei para o golpe, o rosto de Thomas aparecendo na tela da minha mente. Havia momentos em que eu desejava poder fazer alguma coisa para trazê-lo de volta à vida. Desejava mesmo. Mas em outros eu sentia vontade de não ter reatado com ele antes do seu desaparecimento. Porque se tivesse sido assim a minha nova paixão talvez não precisasse ficar ofuscada pela culpa e pela tristeza. Eu tinha vontade de poder ser feliz e mais nada. Era humana, afinal de contas.

A porta do quarto se abriu e dei um salto. Noelle entrou e voltou a fechá-la atrás de si.

— Assim eu me borro de susto — falei, levando a mão ao peito.

Noelle franziu depressa o nariz.

— Sempre detestei essa expressão. Imagine só a cena. — Ela teve um calafrio. — Seria muito anti-higiênico.

Revirei os olhos e me recostei nos travesseiros, deixando o pesado livro de lado.

— Mas então, o que há?

Obviamente havia alguma coisa. Ela não estaria ali se não houvesse.

— Nada de mais.

Noelle caminhou até minha escrivaninha. Ela pegou um porta-retratos com uma foto do meu irmão comigo e o recolocou no lugar. Pinçou a tampa do meu único porta-joias de cerâmica com meus quatro pares de brincos lá dentro e a pôs de volta no lugar. Puxou o romance que Natasha me dera do topo de uma pilha de livros e começou a folheá-lo. Pacientemente, esperei enquanto ela revirava tudo. Não havia nada de interessante que pudesse encontrar ali.

— Então, você e o Hollis — soltou ela enfim.

Uma onda agradável de calor atravessou meu corpo ao ouvir o nome dele. Recolhi as pernas e abracei os joelhos com o queixo apoiado neles. Noelle havia mesmo ido até ali para uma fofoca entre amigas? Primeiro aquele telefonema no feriado, agora isso. Que loucura.

— Tudo bem, você me pegou. Como ficou sabendo? — perguntei.

— Que parte da história você não captou ainda? Eu sei de tudo.

Esse tipo de declaração dela sempre me espantava. Quem teria um ego daquele tamanho? Quem seria capaz de certezas tão absolutas? Eu morria de inveja. A inspeção agora passara para a coleção de clássicos na prateleira acima da escrivaninha, e ela examinava as lombadas surradas, uma a uma. Não que eu tivesse muito tempo para voltar aos meus romances favoritos desde a chegada à Easton. Havia coisa demais a fazer — estudar, treinar futebol, ser humilhada, ficar de luto pelo namorado. Uma vida movimentada.

— Você desaprova? — indaguei, com uma nota de desafio na voz.

Noelle ergueu uma das sobrancelhas na minha direção.

— Isso faz diferença?

É claro que faz. Você sabe disso. Eu sei disso. A quem estamos querendo enganar aqui?

Decidi pular o óbvio, entretanto, e segui com a conversa.

— Ele é o máximo, Noelle! Quando estou com Josh consigo esquecer completamente o Thomas. E chego a me perguntar, aliás, onde estava com a cabeça quando fui namorar o Thomas para início de conversa.

— A pergunta que todas nós nos fizemos.

Decidi pular isso também.

— É que ele é um cara tão bom, você entende? — falei. — O oposto completo do Thomas.

— Eu não iria tão longe — comentou Noelle, seca.

Meu coração meio que bateu em falso.

— O que você disse?

Noelle soltou um suspiro e foi até a minha cama. Ela sentou-se perto dos meus pés e me lançou um olhar que fez eu me sentir como uma garotinha diante da professora do jardim de infância.

— Reed, tem uma coisa que você precisa saber sobre o Hollis.

Ai, meu Deus. O que pode ser agora? Por favor, me diga que é alguma coisa boa. Tipo ele ser o herdeiro disfarçado do trono britânico, ou o pai dele ter sido o inventor do Google. Por favor, me diga que esse alerta vai ser algo do gênero: "É melhor você se acostumar com a ideia de ter que rodar o mundo e conhecer montes de pessoas interessantes. Acha que está preparada para isso?"

— Ele só está na Easton porque foi expulso da escola anterior. Estudava no Colégio Preparatório St. James, em New Hampshire.

— Josh, expulso da escola? Ah, faça-me o favor — retruquei.

— Estou falando sério, Reed. E o motivo não foi nada normal do tipo ter tomado um porre ou levado bomba nas provas — prosseguiu Noelle. — Ele se envolveu num escândalo.

Senti algo fazer cócegas no fundo na minha garganta.

— Que tipo de escândalo?

Noelle soltou mais um suspiro. Não sabia dizer se ela estava hesitando para me contar o que tinha a dizer ou se a pausa era só para aumentar o efeito dramático. Se fosse a segunda opção, eu não estava gostando nem um pouco do recurso narrativo.

— O que foi, Noelle? — insisti.

— O colega de quarto dele morreu — falou ela.

O ar sumiu por completo dos meus pulmões.

— Não é possível...

— Supostamente ele se matou, mas a história se mostrou cheia de detalhes suspeitos — prosseguiu Noelle. — E houve quem dissesse que o suicídio havia parecido...

— O quê?

— Que havia parecido armado.

Eu ri. Minhas têmporas começaram a latejar.

— Sei, até parece.

— Não estou brincando, Reed. Fizeram uma investigação enorme e no final ninguém conseguiu provar coisa nenhuma. Mas houve suspeitas de que na verdade o cara... fora assassinado.

Um calafrio percorreu minha espinha, mas o ignorei. Era aquela palavra. A maldita palavra da qual eu parecia não conseguir escapar. Não tinha nada a ver com a semelhança entre as duas situações. Porque nem sequer havia situação nenhuma. Aquilo era mentira.

— E... Já sei, nem precisa dizer nada: Josh foi apontado como suspeito — falei cheia de ironia, erguendo as mãos.

Ela não iria me atingir. Não iria. Meu coração não havia começado a palpitar de um jeito que estava me assustando.

— Bem, consta que então surgiram uns boatos de que talvez ele pudesse ter tido algum envolvimento na história...

— Noelle...

— E então ele... ele meio que parou de tomar os remédios ou coisa parecida e entrou num surto esquizofrênico que no final o fez destruir a sala do diretor — continuou ela. — E *isso* foi a gota d'água. Diretores em geral não gostam de desordem nas suas coisas, você sabe.

— *Remédios*?!

Noelle me olhou sem expressão.

— Você não sabia dos remédios? Ora, o garoto é pratica-mente uma farmácia ambulante. Toma de tudo, de Haldol a Ambien. É tanta química na cabeça que não sei como ele não anda por aí babando pelos cantos.

Nesse momento, ouvi um estalo.

— Pare com isso, Noelle! — Eu já estava de pé. Nem sabia como havia ido parar ali. — Pare com isso agora!

— Reed...

— Nem vem! Isso é alguma brincadeira de mau gosto, não é? Mais um trote que vocês inventaram? — Eu estava tremendo. Meus dedos sacudiam tanto que eu os enfiei no meio dos cabelos e apertei contra o crânio.

— Reed, não.

Não conseguia entender. Ela não podia estar dizendo o que estava dizendo.

— O que é então, Noelle? O que você está querendo dizer? Que Josh *matou* esse sujeito, é isso?

Noelle ergueu os ombros.

— Só estou lhe contando o que eu sei.

— Bem, se ele *matou* mesmo um cara não teria só sido expulso da escola — falei com um ar desafiador. — Eles o mandariam para a prisão por isso, não é mesmo? Ou será que as pessoas do seu mundo não vão presas?

— Reed, fique calma — falou ela. — Eu disse a você que não conseguiram provar...

— Não! Não acredito em você! Por que está fazendo isso? — Eu estava descontrolada. — Você não quer me ver feliz, por acaso? Sente algum prazer com o meu sofrimento? Por que está mentindo para mim assim?

— Não estou mentindo para você — retrucou Noelle com uma calma impressionante. — Eu não mentiria para você.

— Sei. Afinal você nunca fez isso antes, não é? — falei, sarcástica.

Noelle se levantou devagar.

— Reed, eu lhe disse que isso havia terminado. Disse que podia confiar em nós agora.

— Mas, vindo de quem veio... — disparei.

Os olhos de Noelle faiscaram. Minhas palavras a deixaram borbulhando de ódio, eu podia notar. Mas ela inspirou fundo e sacudiu o cabelo para longe do rosto.

— Está certo. Acho que mereci essa — disse ela por fim. — Se não acredita em mim, pode pesquisar. O caso saiu em todos os jornais. Ou pergunte direto para o cara, para ver o que ele diz. Você é quem sabe.

— Está certo. Vou fazer isso mesmo.

— Está certo. — Noelle inspirou fundo. — Acho que já vou, então.

— Ótimo.

Ela girou o corpo devagar e caminhou até a porta. Parou com a mão sobre a maçaneta e me lançou um olhar por cima do ombro, o volume lustroso do cabelo cascateando solto nas costas. A imagem da beatitude, tão pura quanto um anjo renascentista.

— Só estou tentando proteger você, Reed. Só isso.

BUSCAR E DESTRUIR

Tec, tec, tec com a tampa da caneta na mesa, Josh ia relendo o trabalho de espanhol em busca de algum erro. Uma mordida no lábio inferior e tec, tec, tec com a tampa da caneta. A gola branca da sua camisa de rúgbi tinha uma pequena mancha de origem não identificada na ponta esquerda. Por algum motivo, meus olhos haviam ficado pregados nela. *Tec. Tec. Tec, tec, tec.*

Eu podia perguntar a ele, não podia? Só perguntar e pronto. Há quanto tempo ele estudava na Easton? Uma questão que pareceria inocente o bastante. Por que então não conseguia fazê-la sair da minha boca?

De repente, Josh ergueu a cabeça.

— Que foi?

— Nada.

Baixei o olhar para o meu livro depressa, não sem antes reparar que as suas pupilas eram dois pontos minúsculos hoje. Será que estavam sempre mudando assim?

Ele jogou o texto de lado, e tive um sobressalto.

— Isto aqui não está fazendo sentido. Preciso de açúcar. — Empurrando a cadeira para longe da mesa da biblioteca onde estávamos, pescou uma nota de um dólar na bolsa carteiro antes de fechá-la de volta. — Você quer alguma coisa?

— Não, nada — respondi, com um ligeiro sorriso.

— Já volto — disse ele com ar distraído.

E, girando o corpo, desapareceu por trás das estantes. Voltei os olhos para a sua bolsa. Cada centímetro do meu corpo estremeceu. Tudo o que precisava fazer era apanhá-la. Não levaria mais do que cinco segundos para procurar a coisa. Tarefa fácil, sem problemas. Se eu conseguisse parar de tremer.

Lancei um olhar para a esquerda. Os caras do Alojamento Traste que sempre ocupavam a mesa ao lado estavam nergulhados em seus livros. Dava para ouvir um som furioso de guitarra vazando dos fones de um dos iPods deles. Aqueles garotos mal se davam conta da existência do resto do mundo, não teriam por que reparar na minha. Ninguém jamais ficaria sabendo.

Estendi a mão, e um calafrio de culpa e medo me fez recolhê-la em seguida. Que ódio tinha de Noelle por fazer isso comigo! Ela havia me transformado numa louca paranoica. Logo, logo, era *eu* que estaria precisando de medicação psicotrópica graças às suas armações. Mas, plantada a semente da dúvida, não daria mais para seguir em frente sem tirar a história a limpo. Olhei de relance para as estantes. Nada de Josh. Agarrei a bolsa.

Lá dentro certamente encontraria só vitaminas. Eram os únicos comprimidos que Josh tomava. Ele mesmo havia me dito. Eu iria abrir a bolsa e encontrar nada além de um multivitamínico de uso diário formulado especialmente para garotos adolescentes superprivilegiados.

Com o coração na boca, consegui fazer meus dedos suados levantarem a aba da bolsa. E tateei para examinar seu conteúdo. Livros. Cadernos. Canetas. Um saquinho de M&M vazio, amarfanhado. Migalhas diversas. Um pincel endurecido. Droga.

Voltei a baixar a aba e abri o bolsinho lateral. O celular de Josh escorregou para a mesa com uma pancada que fez o Traste sem iPod me fitar com um olhar fulminante.

— O que você está fazendo? — inquiriu.

— Procurando uma caneta — devolvi.

— Você *já tem* uma. — Essa declaração foi feita num tom de arrogância extrema.

Vá cuidar da sua vida, Traste metido.

— Eu... preciso de uma de outra cor. É um método de estudo que temos.

Ele estreitou os olhos um instante, mas acabou voltando à sua leitura.

Quase caí no choro. Estava me tornando uma mentirosa mais hábil a cada dia que passava. Mas essa havia passado perto demais para me manter inabalável. Já ia enfiar o celular de volta e desistir da busca, quando escorregou do bolso lateral uma caixa plástica comprida e estreita dividida em sete compartimentos menores. Cada um com um dia da semana marcado.

Todos os meus órgãos vitais agora estavam se espremendo em direção à boca. Abri o compartimento daquele dia. Havia cinco comprimidos aninhados lá dentro. Tantos que mal cabiam no espaço reservado a eles. Se aquela era a dose diária que Josh precisava tomar, a de hoje ainda estava ali. A *imensa* dose de hoje. Eram comprimidos azuis e laranjas e verdes e brancos, com números diversos indicando a dosagem em miligramas estampados em cada um. Meu coração parou, e em seguida começou a ribombar com tanta força que chegava a doer.

Todo tipo de medicação, de Haldol a Ambien.

Não havia sido mentira da Noelle. Pelo menos não essa parte. O que levantava a questão inevitável: sobre o que mais ela não havia mentido?

PROVA?

Corri de volta para o Billings como se estivesse calçando um par de bombas-relógio tiquetaqueantes em vez de sapatos. Havia acabado de procurar os diversos comprimidos de Josh no *Dicionário de Especialidades Farmacêuticas* da biblioteca — depois de conseguir me recuperar do choque por ter descoberto que a biblioteca da Academia Easton tinha esse livro no seu acervo. Eu mesma só sabia da existência da tal enciclopédia dos remédios porque minha mãe estava sempre buscando uma coisa ou outra na cópia surrada que mantinha em casa há anos. Ela a guardava na mesa de cabeceira, e por que não guardaria? Aquilo era a sua bíblia.

A consulta revelara que Josh estava tomando medicamentos para depressão, ansiedade, insônia e convulsões. E agora tudo me parecia claro como o dia. Era óbvio que Josh andava sob efeito de remédios. Claro. Ele vinha agindo de modo estranho desde o funeral de Thomas. Primeiro, não demonstrara *nenhuma* reação, a não ser no momento em que lhe deram a notícia. Nada de lágrimas. Nada de tristeza. Nada de nada. Como se não fosse capaz de sentir coisa alguma mesmo diante de uma tragédia terrível como aquela. E então, semanas mais tarde, o sujeito estável que eu conhecia começara a mostrar-se cada vez mais desequilibrado emocionalmente. Ficou todo tenso quando perdi o passeio a Boston que tínhamos combinado. E depois agitado daquele jeito no feriado de Ação de Graças. Achei que fosse só nervosismo por causa da perspectiva de ficar comigo, mas pelo visto era uma crise de euforia. As pupilas, a agitação, as mudanças bruscas de humor, a compulsão por açúcar, tudo apontava para um quadro preocupante. A medicação havia parado de fazer efeito? Ou ele havia deixado de tomar algumas doses? Quem poderia saber?

Nossa, agora que parava para pensar a respeito, os sinais estavam por toda parte. Eu nunca vira Josh beber mais do que meia cerveja. Ele fora a única alma viva a sair sóbria da Legado. E o que dizer sobre a provocação de Gage na briga com ele outro dia? *Ora, talvez falte só o diagnóstico.* Todo mundo já sabia disso. Todo mundo menos eu, como sempre.

A batida que dei com a porta do quarto fez as paredes do Billings sacudirem. Natasha, sentada em sua escrivaninha, ergueu os olhos para o teto como se esperasse um desabamento a qualquer instante.

— Reed, o que aconteceu?

— Preciso usar o seu computador — falei.

E fui largando as coisas todas no chão. Minha bolsa, meu casaco novo — tudo no chão perto da cama. Eu devia estar com cara de louca quando parti para a escrivaninha, porque Natasha levantou de lá sem dizer uma palavra. O bolso da sua malha felpuda ficou preso no braço da cadeira ao levantar, mas ela libertou-se com um puxão que o rasgou.

— Qual é o problema? — indagou.

Eu me sentei e cliquei no ícone do Google. Para uma pessoa em pleno ataque de pânico, a minha clareza mental era impressionante. Mal podia acreditar que estivesse conseguindo me manter de pé e operante, que dirá digitar qualquer coisa. Mas foi isso que fiz. Digitei *Joshua Hollis*.

Natasha estava ficando impaciente.

— O que você está fazendo? Vai pesquisar o Josh no Google?

— O que você sabe sobre ele? — perguntei. E cliquei no botão "Pesquisar".

— Não muita coisa. Só que os pais são filantropos conhecidos mundialmente — disse ela. — Já ajudaram desde os sem-teto aqui do país até vítimas da Aids na África. Por quê?

Os resultados apareceram na tela do Google. Mais de um milhão de páginas. Entrei com outra busca: *Colégio St. James suicídio*.

— Ah. Você estava perguntando *o que eu sei* sobre ele ou *o que ouvi falar* sobre ele?

Natasha devia patentear esse tom de reprovação que imprime à sua voz. Ele é reconhecível mesmo se estiver falando num volume próximo do zero. Então era verdade. Ela havia ouvido falar sobre o passado obscuro de Josh também. Eu a fitei de relance por cima do ombro. Tinha os braços cruzados e um olhar que era desapontamento puro. A garota daria uma ótima mãe algum dia. Ou um sargento eficiente. Eu já estava a ponto de pedir desculpas por ter sido tão imatura quando os olhos dela resvalaram para a tela do computador e piscaram. A boca abriu ligeiramente. Meu coração palpitou. Quando me voltei para olhar estava tudo lá, em forma de manchetes.

ALUNO DO ST. JAMES ENVOLVIDO EM ESCÂNDALO DE SUICÍDIO

SUICÍDIO EM COLÉGIO PARTICULAR... SERÁ?

POLÍCIA AFIRMA QUE "NÃO TEM PROVAS SUFICIENTES"

PARA SOLUCIONAR MISTÉRIO DO SUICÍDIO NA ESCOLA

— Meu Deus do Céu.

Era como se eu tivesse uma bola de basquete atravessada na garganta. Natasha pegou a minha cadeira e postou-se ao meu lado. Com um leve empurrão, assumiu o controle do mouse. Melhor assim. Eu já não tinha certeza se estava de posse das minhas faculdades motoras no momento.

Ela abriu a primeira matéria e nós lemos juntas. Aluno do segundo ano Connor Marklin. Morto aparentemente por uma overdose. Apresentava hematomas nos braços. Sinais de luta. Um suposto desentendimento com o colega de quarto — menor de idade e que não teve o nome divulgado. A polícia suspeita de ação criminosa. Autoridades locais chamam o garoto e os pais para interrogatório.

E então, no artigo seguinte: bilhete de despedida do suicida é considerado autêntico pela perícia. Os pais do morto não entrarão com um processo criminal. "Pedimos que respeitem a privacidade da família nesse momento difícil." Investigações encerradas.

Eu me recostei na cadeira de Natasha. Meu corpo havia sido preenchido com chumbo da cabeça aos pés. Não seria capaz de mover um músculo nem se quisesse.

— Tudo o que ela falou era verdade.

— Que ela? — indagou Natasha.

— Noelle.

— Bem, há sempre uma primeira vez.

— E se ele fez isso, Natasha? — perguntei depressa. — E se matou mesmo esse cara?

— Para começo de conversa, temos que lembrar que o nome de Josh não aparece em nenhum lugar dessas reportagens — disse ela.

— Sim, porque ele é menor de idade — retruquei.

— Mas o Josh Hollis? Qual é, Reed, você acha mesmo que ele seria capaz de uma coisa dessas? Você conhece o cara.

— Achei que conhecesse — falei. — Mas está óbvio que...

De repente, fragmentos de diálogos com Josh começaram a pipocar na minha cabeça. Josh dizendo que Thomas não dava valor ao que tinha comigo. Que Thomas nunca se importava com os sentimentos dos outros. Será que ele vinha tentando difamar Thomas esse tempo todo? Para assim *me levar* a odiá-lo? E para fazer com que ele mesmo — com sua imagem de garoto gentil e atencioso — parecesse um anjo comparado ao outro? Eu me lembrei da forma como Josh me olhou no dia em que fiquei com Walt Whittaker pela primeira vez no bosque. Havia raiva nos olhos dele, mas achei que ele havia tomado as dores de Thomas. Agora começava a me perguntar... será que Josh já gostava de mim? Será que vinha me manipulando esse tempo todo?

— Foi ele que entregou o Rick — me ouvi dizer.

— O quê?

— O tal cara da cidade. Foi Josh que o denunciou. E foi Josh que finalmente contou à polícia que Thomas estava vendendo drogas — expliquei, já com a mente fazendo todas as conexões. — Natasha, e se ele fez isso só para afastar a culpa de si mesmo? E se...

— Josh Hollis não matou Thomas Pearson — afirmou Natasha.

— Como você pode saber disso? A polícia passou o fim de semana todo interrogando o cara! E ele quase surtou quando Rick foi dado como inocente. Ficou mais alterado do que qualquer outra pessoa — falei para ela, sentindo meu coração prestes a sumir de tão apertado.

— Mais do que os outros que queriam fazer justiça com as próprias mãos? — indagou ela.

— Por que está defendendo ele? — disparei.

— Porque se você estiver certa isso quer dizer que nós dividimos a mesa do almoço todos os dias com um assassino, só por isso! — gritou Natasha.

As suas palavras ficaram suspensas no silêncio. De repente senti como se até as paredes tivessem ouvidos. E estivessem zombando de nós. Rindo da nossa paranoia.

— Você tem razão — falei, esfregando o rosto com ambas as mãos. — Você tem razão. Não é possível. É do *Josh* que estamos falando.

— Esses links não provam nada — contemporizou ela.

— Nada além do fato de que uma coisa horrível aconteceu no Colégio St. James. Vai ver que Josh nem era o colega de quarto desse cara que morreu. Eles não dizem o nome em lugar nenhum. Quais são as chances de que fosse ele mesmo?

De repente, me senti energizada.

— Você está certa — falei, dirigindo-me para a porta.

— Aonde você vai? — indagou Natasha.

E disparei pelo corredor, com ela atrás.

— Tem uma pessoa que me deve explicações.

Noelle estava se levantando da sua escrivaninha quando entrei no quarto que ela divide com Ariana. Sem bater. Ela segurava um envelope pardo na mão. Congelou onde estava e os olhos buscaram os da colega de quarto que remexia o debrum rendado de uma de suas almofadas. Assim que entramos, Ariana a jogou de lado e pôs-se de pé.

— Reed! — exclamou Noelle. — Já estava mesmo indo...

— Muito bem, então houve um tal de Connor que morreu no St. James ano passado — disparei. — Só que isso não prova nada. Se o Josh tinha mesmo envolvimento nessa história, por que vocês não me contaram antes? Afinal era óbvio que nesse caso iriam desconfiar de alguma coisa, não iriam? Depois que Thomas apareceu morto também? Por que não falaram disso comigo?

— Reed, fique calma — disse Ariana.

— Não! Não venha me dizer o que fazer! — gritei. — Tratem de me contar o que está acontecendo aqui!

Noelle e eu nos encaramos. Eu podia ver suas narinas infladas pela respiração ofegante. Quando enfim falou, ela não moveu um músculo que não fosse os da boca.

— Se fôssemos sentar com você no seu primeiro dia no Billings para lhe contar cada escândalo em que cada aluno desta escola já se envolveu, estaríamos falando *até hoje* — disse ela entre dentes. — Não contamos porque não ligávamos para esse assunto. Até agora. Até você fazer com que tivéssemos que nos preocupar quando decidiu ficar com um doido.

— Ele não é doido — respondi automaticamente.

— Imaginei mesmo que não fosse acreditar em mim depois da forma como me tratou mais cedo — falou ela, fria. E me lançou um olhar de desprezo. Nesse único instante, senti que tinha perdido mais terreno do que conseguira conquistar nos últimos dois meses. — Então decidi lhe dar isso.

E estendeu o envelope. Era bem grosso, e a aba estava aberta.

— O que é? — perguntei, petrificada demais para fazer qualquer movimento.

— Abra — disse ela. — O conteúdo dispensa explicações.

Olhei de relance para Natasha. Ela deu de ombros, confusa. Agarrei o envelope, toda altiva e superior, e puxei o documento que havia dentro. Eram umas quarenta páginas. Com a insígnia da Easton impressa no alto da primeira. Centralizados nela, havia também o nome de Josh, sua data de nascimento e os dizeres: *Dr. David Schwartz, Relatório de Avaliação Psiquiátrica. Parecer Final: Aprovado.* As folhas de papel tremiam nas minhas mãos.

— Não é todo mundo que precisa passar pelo crivo do psiquiatra antes de ser aceito na Easton — falou Noelle. — Só se for um caso muito... *especial.*

Natasha aproximou-se para ler por cima do meu ombro. Com a visão borrada, eu passei para a primeira página de texto. Eram parágrafos longos e cheios de termos médicos que eu não conhecia, mas algumas frases me saltaram aos olhos.

"Parece ter aceitado a morte do amigo Connor Marklin... mostra-se truculento e arredio quando solicitado a falar sobre as circunstâncias em que Connor foi encontrado e como isso o fez se sentir... recusa-se a conversar sobre os

interrogatórios a que foi submetido pela polícia... revela-se agitado e no limiar do comportamento violento quando perguntado se teve algum envolvimento na morte de Connor Marklin..."

Engoli em seco. Isso não podia estar certo. O documento não podia ser verdadeiro. Não era possível. As minhas entranhas estavam em colapso. Eu me vi sentada sem ter ideia de como fora parar ali. Anestesiada, virei mais algumas páginas e parei num registro de agosto passado.

"Vem reagindo bem à nova medicação... variações de humor sob controle... mostra empolgação genuína com a perspectiva de começar a frequentar a Easton e dividir o quarto no alojamento com seu amigo Thomas Pearson..."

— Meu Deus do Céu. — O documento caiu no chão.

— Onde você arrumou isso? — perguntou Natasha enquanto abaixava para juntar os papéis. Ela os arrumou de volta no envelope e ficou segurando-o com as duas mãos.

— Parece que o sigilo médico-paciente não se aplica igualmente a todo mundo — disse Noelle. — Certamente a polícia já deve saber de cor o conteúdo desse relatório.

— Nós só queremos que você seja cuidadosa, Reed. Só isso — falou Ariana, o sotaque sulista suavizando as palavras. — Não se trata apenas de um boato. São fatos comprovados.

Eu estava trêmula quando ergui os olhos para elas. Para as três, postadas à minha volta cheias de preocupação. Como se *eu* fosse a paciente psiquiátrica. Meu cérebro ainda se recusava a acreditar no que acabara de ler. Eu podia sentir como se ele estivesse se expandindo, tentando preencher meu crânio para me impedir de processar completamente as palavras.

— O único fato comprovado que estou vendo... é que Josh Hollis padece de uma tremenda falta de sorte — falei, a voz soando surpreendentemente clara.

— Reed...

— Não, não vou sentar aqui e deixar vocês tentarem distorcer as coisas — falei, pondo-me de pé. Minhas mãos formavam punhos cerrados dos lados do corpo. — Não vou deixar vocês fazerem isso.

— E quanto aos remédios? — indagou Noelle. — Como você explica essa parte?

— Então ele tem um desequilíbrio químico — falei. — Isso não é assunto para manchetes de noticiário. Quase todo mundo que conheço toma a sua dose de Ritalina ou Prozac.

— Sim, mas Josh mentiu a respeito disso, não mentiu? — ponderou Ariana. — Por que ele mentiria?

— Se você tomasse todas aquelas coisas, sairia por aí fazendo propaganda disso? — defendi.

— Eu não sairia — anuiu Natasha.

Noelle e Ariana ficaram em silêncio, e o silêncio me deu suporte. Eu me senti melhor. Melhor mesmo. Meu raciocínio tinha alguma lógica afinal. Mas só isso não bastaria. Dando meia-volta, saí do quarto.

— Aonde você vai? — gritou Noelle às minhas costas. — Reed! Nós precisamos conversar sobre isso!

Foi preciso reunir cada migalha de autocontrole que havia em mim, mas eu continuei caminhando.

INSOLÊNCIA

Eu precisava ouvir da boca de Josh. Precisava que ele me contasse com suas palavras o que lhe acontecera no ano anterior. Se não escutasse diretamente dele, ficaria para sempre imaginando coisas. E não conseguiria conviver com essa incerteza. Não outra vez. Precisava ter certeza de *alguma coisa*.

Entrei no meu quarto e peguei o celular da bolsa.

— O que você está fazendo? — perguntou Natasha, fechando a porta.

— Vou ligar para ele.

Minhas mãos estavam suadas e mal conseguia respirar. Prendi a mão esquerda debaixo do braço para impedir que ela tremesse.

— Oi, Reed.

A voz dele, como sempre, me enchia de calor. Mesmo com a imagem de palavras como *arredio, agitado* e *morte* piscando no meu pensamento.

— Preciso falar com você — disse eu com firmeza.

— Está tudo bem? — perguntou ele.

Viu? Sempre preocupado com os outros.

— Comigo, tudo certo — respondi. — Só estou precisando conversar. Pessoalmente.

Um instante de silêncio.

— Já passou do horário de visitas no alojamento.

— Podemos nos encontrar em outro lugar.

Natasha arregalou os olhos, mas eu lhe dei as costas.

— O que está havendo, Reed? — indagou Josh.

— Eu lhe digo quando nos virmos. Onde quer que seja — falei. — Mas precisamos nos encontrar. Imediatamente.

— Tudo bem. No cemitério. Vejo você lá em quinze minutos.

E desligou antes que eu conseguisse me despedir.

Joguei o telefone na cama, agarrei meu casaco e a echarpe. Eu estava suando, mas fazia muito frio lá fora. Meu corpo praticamente tremia de ansiedade. Só queria acabar logo com aquilo. Quem sabe amanhã tudo poderia voltar ao normal.

Não que soubéssemos o que era isso. Eu estava começando a perceber que *normal* era um conceito relativo.

— Tem certeza de que quer fazer isso? — perguntou Natasha.

Olhei o relógio e abotoei o casaco até o alto.

Não, não tenho certeza. Mas o que mais eu poderia fazer?

— Tenho sim. Eu... vejo você depois.

Natasha soltou um suspiro e saí para o corredor. Em circunstâncias "normais", estaria preocupada com a possibilidade de ser flagrada pela preceptora do alojamento, mas eu já sabia que ela na verdade não se importava muito com o que fizéssemos desde que levasse uma boa compensação pelo seu silêncio depois. Eu não tinha meios para lhe oferecer isso, mas agora conhecia muita gente que ficaria feliz por fazê-lo em meu nome. Éramos nós contra Lattimer, e o nosso lado sempre levava vantagem.

Estava a dois passos da porta da frente. Precisava pensar no que iria dizer. Como abordar a questão? Como perguntar a uma pessoa se ela andou mentindo quando você só descobriu a respeito dessa mentira porque andou vasculhando as suas coisas pelas costas? O que eu estava *fazendo*?

— Reed.

Eu congelei. Meu coração congelou. Era Noelle.

— Aonde você vai? — perguntou ela.

Virei o corpo. Ela estava no último degrau da escada principal. Eu não tinha escutado ela vindo atrás de mim.

— Estou indo encontrar o Josh.

Seus olhos escuros flamejavam.

— Você acha mesmo que é o melhor a fazer?

Ela estava serena demais. Plácida demais. Como conseguia fazer isso?

— Nada daquilo é verdade, Noelle — disse eu, instilando o máximo de certeza na voz. — Josh jamais seria capaz de machucar alguém.

— Se você acredita mesmo nisso, por que está indo se encontrar com ele? — indagou ela. — O que está pretendendo com isso?

— Eu... eu só quero esclarecer as coisas — falei. — Só para me...

Então me detive. Os lábios cheios de Noelle retorceram-se num sorriso afetado.

— Para se certificar. O que significa que você não tem certeza. Você não sabe se esse cara é ou não um assassino calculista e mesmo assim está saindo à noite para ir encontrar com ele. Sozinha.

Eu sentia cada veia do meu corpo palpitando. Tinha vontade de arrancar aquele sorrisinho do rosto dela. Estava me manipulando outra vez. Seu passatempo favorito. Não fazia ideia de quais motivos Noelle podia ter para querer me fazer acreditar que Josh era um psicótico perigoso, mas era isso o que estava fazendo. Só que dessa vez eu não iria cair na emboscada.

— Tenho certeza — falei.

— Não estou gostando disso, Reed — retrucou ela. — Passei poucas e boas para reunir esse material para você, para provar que não lhe contaria uma mentira, coisa que, aliás, eu jamais deveria ter precisado fazer, e é assim que você retribui? — Ela cruzou os braços e me lançou um olhar superior. — Você não vai.

Puxei o chapéu sobre a cabeça, cobrindo as pontas das orelhas.

— Vamos ver se não vou.

E então girei o corpo, abri a porta e me joguei contra o frio.

A PERGUNTA

Penetrei no silêncio do Edifício Mitchell e parei. A única iluminação vinha de minúsculas lâmpadas embutidas no teto voltadas para cada um dos rostos fantasmagóricos dos ex-diretores. O lugar mais parecia um mausoléu, e pela primeira vez desde que saíra pisando duro do Billings pensei em dar meia-volta.

— Reed.

A voz ecoou pelo corredor. Ele estava em lugar nenhum e em toda parte.

— Josh?

Meu coração ameaçava sair pela boca. Por que ele estava escondido? Tudo o que ecoava nos meus ouvidos era o som do sangue pulsando. Como eu pudera ir até ali sem dizer isso a viva alma? No que eu estava pensando?

Resposta: eu não estava pensando. Havia me deixado levar só pela emoção, adrenalina, insolência. E agora estava ali. Sozinha.

— Josh, onde você está? — Odiei o tom de medo na minha voz, mas ele surtiu efeito. Josh apareceu no final do corredor, emergindo da porta que dava para o cemitério artístico.

— Oi — falei.

Josh não sorriu.

Vá para casa agora. Saia daqui.

— O que estamos fazendo aqui, Reed? — indagou ele.

Não faço ideia.

— Eu... eu precisava falar com você.

— Então venha até aqui e fale — disse ele.

Hesitei. Havia uns bons 20 metros entre nós dois. O seu rosto estava meio encoberto pelas sombras.

— Por que você não quer vir aqui?

Muito bem. Obviamente isso havia sido um erro.

— É por causa do que achou na minha bolsa hoje à tarde?

Senti como se estivesse sendo empurrada por todos os lados ao mesmo tempo.

— Como foi que você...

— O Lucas me contou. — Josh começou a caminhar devagar na minha direção. Seus passos não faziam barulho. Lucas? Ah, o garoto do Traste. Que belo favor ele me fez. — Garotos também conversam entre si, sabia?

Então ele tinha motivos para estar estranho. Já ficara sabendo que eu havia revistado a sua bolsa. Estava com raiva. E vinha apertando e soltando os dedos enquanto se aproximava, apertando e soltando de um jeito que me deixou com um nó na garganta.

— Por que não me contou? — falei, sem tirar os olhos dos seus punhos.

— Contar o quê? — retrucou ele em tom de escárnio. — Que tomo cinco reguladores de humor diferentes? E que sem eles eu... bem, eu não seria o cara que você conhece e de quem gosta? Por que eu lhe contaria uma coisa dessas? Para você achar que sou algum tipo de aberração?

Eu o encarei. Quem ele seria sem os remédios? Isso fazia diferença?

— Você está gostando de mim, não está, Reed? — Josh estava tão perto agora que eu podia ver os seus olhos, e eles eram só esperança.

— Você sabe que estou.

— E então, como vai ser? — Ele estendeu a mão para pegar a minha. Eu me encolhi e foi como se tivesse cravado uma faca nas suas costas. Senti culpa, remorso, tristeza, tudo ao mesmo tempo. — O que está acontecendo? — perguntou ele.

Pronto. Era a hora da verdade.

— Por que você está na Easton, Josh? — indaguei baixinho.

O rosto dele se transformou por completo. As feições despencaram e os olhos ficaram boiando nas órbitas. Por um longo instante ele permaneceu me encarando como se eu o tivesse traído de alguma forma. Até que por fim me deu as costas, mergulhando na escuridão.

— Como foi que você descobriu?

Respirei fundo. O ar fez doer meus pulmões.

— Isso não importa. Mas preciso saber. O que foi que aconteceu no ano passado?

Ainda de costas, Josh pressionou as bases das mãos contra os olhos. E deixou escapar uma espécie de gemido baixo, sufocado. Que soou estupidamente alto no corredor silencioso. E me fez estremecer, mas eu não saí do lugar.

— Meu colega de quarto morreu, está bem? — disse ele, virando ligeiramente o rosto e deixando o perfil à mostra. — Ele se matou, quem o encontrou fui eu, foi um horror e eu surtei.

— Você surtou — repeti.

— Foi! — gritou ele.

Dei um pulo. Ele girou o corpo e chegou mais perto.

— É claro que surtei. Quem não surtaria? Você mora com o cara por um ano e meio e acha que o conhece bem. Você *pensa* que se ele ficasse deprimido ou coisa assim iria procurá-lo para conversar. Mas não! Nada disso. Ele anda para todo lado como se fosse o rei do pedaço, com tudo sob controle, vocês combinaram de passar o Natal em Vail com as famílias e está tudo na mais perfeita ordem, até que um belo dia você está voltando da aula de biologia e ele está estatelado lá, morto, ainda com baba escorrendo e sangue saindo da cabeça rachada, e com os olhos bem abertos e tinha que ser logo você o primeiro a encontrar o corpo!

Bastou um passo rápido para Josh surgir bem diante do meu rosto. Com uma loucura nos olhos. Uma loucura e nada mais de familiar neles. Não me mexi. Sentia o coração espetando faquinhas minúsculas dentro do meu peito.

— Mas você não acredita em nada disso, não é? — Ele contorceu o rosto de indignação. Deu mais um passo adiante, e eu me esquivei. — Você acha que não sei o que está pensando? Que não sei o que veio fazer aqui?

A cada palavra a sua voz ia ficando mais alta e mais tensa. Ele não parava de avançar. Agora eu já estava assustada o suficiente para cogitar a ideia de sair correndo, mas de alguma forma ele havia se posicionado bem no caminho para a porta.

— Josh... calma.

Eu o queria de volta. Queria de volta o Josh que conhecia. Não essa força louca da natureza.

— Calma por quê? — explodiu ele, levando uma das mãos até a nuca e jogando-a para longe outra vez. — Não sou idiota, Reed.

— E o que é que estou pensando, então? — falei. Agora estava tentando ganhar tempo. Pensando numa maneira de driblá-lo. Imaginando se ele tentaria me deter fisicamente.

— Você está pensando: "Ah, o cara está entupido de remédios para a cabeça e teve dois colegas de quarto mortos em dois anos, ambos sob suspeita de terem sido assassinados." Você está pensando que eu sou um *assassino*!

A última palavra saiu num tom assustador a ponto de me fazer dar alguns passos trôpegos para trás. Josh endireitou o corpo e me olhou, o rosto transformando-se em pedra.

— Você está com medo de mim. De *mim*. Meu Deus, como isso foi acontecer? — Ele voltou a cobrir os olhos com a mão e puxou o ar numa inspiração funda e trêmula. — Desculpe. Sinto muito por ter gritado com você. — A voz de repente havia ficado suplicante. — É que tem acontecido tanta coisa na minha vida, e eu achei... achei que você confiasse em mim. Eu queria ter lhe contado sobre o ano passado. Tinha pensado em fazer isso naquele passeio para Boston. Sabia que Lynn iria tocar no assunto e pensei que seria a chance ideal para lhe contar tudo, mas então você não apareceu e...

E agora quando telefonou eu fiquei com medo de ter perdido a confiança em mim e... eu estava certo.

Inspirei fundo e a tensão que havia no meu peito se desfez um pouco. A parte da explosão violenta do programa de hoje parecia ter ficado para trás.

— Posso te perguntar uma coisa? — indaguei.

Josh baixou os braços.

— O que é?

— Você tomou os seus remédios? Tomou os remédios hoje?

Ele fungou com raiva.

— Não. Já faz um tempo que não tomo.

Engoli o bolo enorme que se formou na minha garganta.

— Por quê?

— Já estava cheio de ficar entorpecido — disse ele, virando as palmas das mãos para mim. — O meu melhor amigo morreu e eu quase nem consegui sentir nada. Que tipo de pessoa vou ser se não conseguir nem me abalar com o fato de meu melhor amigo ter sido assassinado?

Nesse momento, mesmo ainda trêmula por causa do ataque, me enchi de compaixão. Nunca poderia entender o que era estar na pele de Josh. O que era não ter controle sobre as próprias emoções. De alguma forma, tudo o que eu quis fazer foi abraçá-lo. Ele parecia tão desesperado.

— Eu precisava sentir alguma coisa — disse ele baixinho.

Houve um longo momento de silêncio. Eu só conseguia pensar em quantas vezes havia desejado ter a capacidade de não sentir nada. Só nas últimas semanas devia ter desejado isso umas mil vezes.

— Talvez seja melhor a gente voltar — falei enfim.

— Não, a gente não vai voltar. — Ele estava calmo agora. Perfeitamente calmo. As variações bruscas de humor eram a parte mais preocupante. — Não vou me mexer daqui enquanto você não acreditar em mim.

— Josh...

— Thomas era o melhor amigo que eu tinha neste colégio idiota — disse ele. Os seus olhos estavam pregados nos meus. Bem focados agora. Intensos. A cada palavra, dava mais um passo na minha direção. — Nós éramos *amigos* desde *garotos*. Foi só *por causa dele* que a Easton me aceitou depois de tudo que aconteceu no Colégio St. James. Eu devia *tudo* a ele. O cara tinha os seus defeitos, mas eu nunca, *jamais* faria nada de mau a ele.

Josh foi contraindo a mandíbula à medida que falava. Cada palavra saía mais apertada. Mais violenta.

— Mas você não acredita em mim, não é mesmo? — prosseguiu ele, ainda avançando. Recuei para a parede que havia às minhas costas. — Por que você não acredita em mim, Reed? Diga! Por que não acredita?

— Josh, por favor — pedi. Senti minhas costas contra a parede. Ele pairou por cima do meu corpo.

— Me diga por quê!

— É que... é que Noelle me falou...

— Noelle! — Josh começou a rir em espasmos curtos, esquisitos. — *Noelle* falou com você! Mas é claro! Nós todos não passamos de marionetes nas mãos de Noelle, não é mesmo? — Ele riu, erguendo as mãos e mexendo os dedos. — Primeiro ela me diz para entregar o Rick, e o que eu faço? Vou lá e entrego o Rick! E aí, quando vê que isso não dá certo, a garota decide espalhar para todo mundo que sou um assassino em série! E você vai e acredita nela! Nós somos mesmo um bando de marionetes obedientes!

Meu coração batia forte ao ponto de doer. Ele havia perdido o juízo. Estava completamente fora de si.

— Pois bem, mas não vai mais ser assim! — gritou Josh, avançando para mim outra vez. Ele espalmou a mão na parede acima da minha cabeça e me fez encolher quase até o chão. — Não comigo! Não vou mais deixar Noelle me manipular desse jeito!

— Josh, por favor. Você está me assustando — choraminguei. — Por favor, pare com isso.

Pairando acima do meu, o rosto de Josh mudou como se estivesse me vendo ali pela primeira vez. E nessa fração de segundo ele pareceu petrificado, mortificado, lúcido.

— Ai, meu Deus, Reed. Sinto muito. Eu...

Nesse instante não enxerguei mais nada. Uma luz forte me atingiu direto nos olhos e joguei as mãos para cima, com lágrimas de dor escorrendo pelo rosto.

— Josh Hollis! É a polícia! — gritou uma voz autoritária. — Afaste-se da garota.

A porta de vidro atrás dele rangeu. Eu me forcei a abrir os olhos. Os braços de Josh estavam erguidos, protegendo o rosto. Ele era uma sombra escura contra a onda de luz.

— O quê? — falou.

— Afaste-se da garota — repetiu a voz.

Josh me lançou um olhar atônito e obedeceu. No mesmo segundo, três policiais apareceram de todos os lados e foram para cima dele. Outro me pegou pelo braço e começou a me observar, perguntando se estava tudo bem. O tempo todo, sem parar. Eu estava bem?

— Estou, estou... tudo certo — falei. — Mas o que...

— Joshua Hollis, você está preso.

— O quê? — soltei.

Josh ficou imóvel enquanto um homem mais velho algemou-lhe os pulsos. O detetive Hauer estava presente, com uma expressão severa no rosto enquanto observava tudo.

— Preso por quê? — perguntou ele.

O policial pegou os braços de Josh e o empurrou para a frente.

— Pelo assassinato de Thomas Pearson.

NÃO

— O que está acontecendo? — gritei. Estridente, descontrolada, vendo tudo vermelho. — Por que estão prendendo o
Josh? Ele não me fez nada! Só precisa de ajuda!

— Reed, por favor. Tenha calma — disse o detetive
Hauer.

— É melhor tirá-la daqui. Levá-la para outra sala.

Era o diretor Marcus falando. Isso certamente havia passado de todos os limites. Ele agora iria me expulsar da escola.
Não me restava qualquer dúvida. E eu não estava ligando a
mínima. Só conseguia me importar com o fato de estarem
levando Josh embora. De o rosto dele estar totalmente sem
expressão. De que, quando foi empurrado bem na nossa
frente, ele nem fez menção de olhar para mim.

— Josh...

— Recomendo que você não tente falar com ele agora —
interveio o detetive Hauer, pondo-se entre mim e as pessoas
que cercavam Josh.

— Vá se ferrar.

— Srta. Brennan! — rosnou o diretor.

Saiu sem querer. Foi mal. É que vim lá de Fim-De-Mundo, Pensilvânia, lembra? Não posso me responsabilizar por manter os bons modos quando vocês estão levando meu namorado novo para a cadeia acusado de ter assassinado o anterior.

O detetive me conduziu para longe e fiquei olhando para as dobras do seu casaco. Nós três esperamos parados no meio do corredor enquanto um grupo de policiais escoltou Josh para o frio lá fora. E outros ficaram para trás vasculhando o chão com suas lanternas, à procura de sabe-se lá o quê.

— O que você estava fazendo aqui, Reed? — o detetive me perguntou.

Olhei dentro dos olhos dele, cheia de raiva.

— Não me venha com perguntas. Você disse que me avisaria assim que chegassem a alguma conclusão na investigação. Você prometeu — disparei. — E então pode tratar de me dizer. Por que estão levando Josh preso? Vocês descobriram alguma coisa? Não estou entendendo.

Ele balançou a cabeça e desviou o olhar.

— Você precisa se acalmar primeiro.

— Não!

Agarrei a manga do seu mesmo sobretudo de sempre. Ele olhou surpreso para minha mão e lançou um olhar que dizia: *Você tem certeza de que quer fazer isso?* Mas eu não soltei.

— Responda.

— Srta. Brennan.

Essas pareciam ser as duas únicas palavras que o diretor Marcus conseguia dizer.

O detetive removeu delicadamente meus dedos do seu braço. Assim que fez isso, cruzei os braços sobre o peito, erguendo o queixo. Eles não haviam descoberto nada. Eu sabia. Sabia que não tinham nenhuma prova.

— Encontramos a arma do crime, Reed — disse o detetive em voz baixa.

Minha mandíbula travou. Senti que começava a flutuar. Um mecanismo de defesa.

— Como disse? — Minha voz soou direta.

— Um taco de beisebol.

Eu pisquei. Fiquei com a vista completamente turva. Um taco de beisebol. A violência que essa descoberta implicava era demais para meu cérebro conseguir processar.

— O taco de beisebol de Josh Hollis com as digitais dele, e *somente* as dele, espalhadas por toda parte.

Uma lágrima grossa escapou e foi rolando rosto abaixo, indo cair na manga do meu casaco.

— Lamento muito, Reed — disse o detetive Hauer. — Você não faz ideia de como lamento.

ATRÁS DO PSICOPATA

O diretor Marcus me acompanhou de volta ao Billings. Noelle, Ariana e Kiran estavam do lado de fora, embrulhadas em seus casacos, à minha espera. Nem sequer me senti aliviada ao vê-las ali. Nunca mais iria sentir coisa alguma.

— Amanhã nós conversamos — disse o diretor às minhas costas.

Amanhã eu seria mandada de volta para casa. Era isso que ele estava querendo dizer. Amanhã esse pesadelo estaria acabado e eu seria devolvida ao meu pesadelo anterior.

— Reed.

Ariana adiantou-se para me dar um abraço. Não me mexi. Não tentei abraçá-la de volta. Ela não pareceu reparar nisso. Quando afastou o corpo, segurou-me pelos braços com ambas as mãos e olhou dentro dos meus olhos.

— Você está bem?

Eu a encarei. Olhei então para Noelle e depois para Kiran. Eu as deixei para trás e segui para a porta. Entorpecida.

— Sinto muito, Reed.

Isso me fez parar. Noelle havia acabado de pedir desculpas. Devagar, girei o corpo.

— Fui eu que liguei para a polícia. Não podia deixar você presa no Edifício Mitchell com aquele psicopata.

Não perguntei como ela descobriu que eu estaria lá. Noelle, como ela mesma fazia questão de me lembrar a todo instante, sempre sabia de tudo.

— Não fale assim dele — disse eu.

— Reed, ele *é* um psicopata — interveio Kiran, aproximando-se. — Quando Noelle telefonou a polícia já estava atrás do cara. Haviam acabado de achar a arma do crime. E se não tivessem encontrado vocês lá a tempo...

— Cale a boca — falei, a voz sem inflexão.

— Reed, acabei de salvar a sua vida — disse Noelle.

Ergui o olhar do chão para dentro dos seus olhos escuros. A garota acreditava mesmo nisso. Acreditava que Josh teria me matado se não fosse pelo seu telefonema. E será que estava certa? Josh era mesmo o maluco dessa história? Ou Noelle é que estava delirando? Delirando ao ponto de convencer a si mesma da própria inocência? De se convencer de que era capaz de se importar com os outros. De que tinha uma conduta irrepreensível. Lancei um olhar para Ariana, e seus olhos de um azul gélido. Para Kiran com seu ar de superioridade expectante. Essas eram as minhas amigas. Eram as pessoas que eu havia escolhido. As pessoas que haviam me escolhido.

— Eu te disse, Reed — falou Noelle, aproximando-se. Ela ergueu a mão para afastar uma mecha do meu cabelo para trás do ombro, acariciando-a. — Só estava querendo proteger você.

— Eu sei — respondi. — Obrigada. Não sei o que teria acontecido se você não tivesse telefonado para a polícia.

Era isso o que queriam ouvir. Era a única coisa que faria com que eu pudesse me desvencilhar delas.

O rosto de Noelle finalmente abriu-se num sorriso. Missão cumprida.

— Não tem de quê.

— Acho que vou me deitar agora.

Já estava com a mão na maçaneta da porta de entrada do Billings quando Noelle voltou a falar.

— Vou estar sempre ao seu lado, Reed. Todas estaremos. Nós não vamos a lugar nenhum.

O vento assoviou entre as árvores, e um calafrio percorreu a minha espinha.

— Nem por um instante.

NEM POR UM INSTANTE

Natasha não estava, como imaginei que estaria, à minha espera no nosso quarto pronta para me despejar toda sua preocupação. Provavelmente tinha ido para o terraço telefonar para Leanne e contar tudo o que acontecera. Melhor assim. Eu precisava ficar sozinha. As luzes estavam todas apagadas, mas o brilho da tela do seu computador ligado lançava um reflexo azulado fantasmagórico sobre o quarto. Sentei na beirada da minha cama, olhando para o nada.

Um taco de beisebol. As impressões digitais de Josh. Hauer lamentava muito.

Não conseguia parar de pensar no que Josh havia dito logo antes de os policiais chegarem. Que nós éramos marionetes nas mãos de Noelle. Que havia sido ela a primeira a insinuar que Rick era um suspeito. E ele estava certo. Josh havia denunciado o cara à polícia, mas fora Noelle que plantara a semente naquele dia no carro. Será que isso tinha alguma importância na história ou era só mais uma isca que Josh havia usado para me despistar?

Quem estava dizendo a verdade? Alguém estava? Será que essas pessoas ao menos sabiam o que significava a verdade, ou simplesmente distorciam o sentido dela para atender à sua conveniência como costumavam fazer com todo o resto?

O computador de Natasha emitiu um bipe. Eu fuzilei a tela com os olhos. Aquela coisa estava barrando meu caminho rumo ao abismo completo. E então notei que a janelinha de mensagens instantâneas estava aberta num canto. Cada centímetro do meu corpo começou a latejar.

Não podia ser. Não podia. Mas eu precisava ter certeza.

Empurrei o corpo para longe da cama e atravessei o quarto a passos lentos. A janela piscava um nome de usuário que eu não reconheci.

Moça_com_Brinco_de_Pérola: Reed?

Senti o sangue gelar. Diante dos meus olhos, mais um bipe do computador. E outra mensagem surgiu.

Moça_com_Brinco_de_Pérola: Reed? vc taí?

Sentei na cadeira de Natasha. Sentia um amargor pegajoso na boca. Meus dedos tremiam.

Rbrennan391: quem está aí?
Moça_com_Brinco_de_Pérola: prova q é a Reed.

Meu coração parou de bater.

Rbrennan391: como?

Moça_com_Brinco_de_Pérola: nome do meio. nome do irmão. nome do cachorro. 10s pra vc.

Como assim? Como eu ia conseguir digitar tão depressa se estava tremendo mais que um terremoto?

Rbrennan391: Myra, Scott, Hershey. QUEM ESTÁ AÍ???

Houve uma longa pausa. Fiquei sentada lá, petrificada, esperando o computador avisar que Moça_com_Brinco_de_ Pérola havia ficado *offline*. E, então, de repente, veio o bipe.

Moça_com_Brinco_de_Pérola: aqui é a Taylor. Seja lá o que elas contaram sobre mim, não é verdade. É tudo mentira, Reed. Tudo. Você tem que acreditar em mim...

Este livro foi composto na tipologia Sabon
Lt Std, em corpo 11/16, e impresso em papel
off-white 80g/m² no Sistema Cameron da
Divisão Gráfica da Distribuidora Record.